BONNE PIOCHE

RENEE ROSE

Traduction par
MYRIAM ABBAS
Traduction par
VALENTIN TRANSLATION

RENEE ROSE ROMANCE

MENTIONS LÉGALES

Copyright © 2022 Bonne pioche de Renee Rose

Tous droits réservés. Cet exemplaire est destiné EXCLUSIVEMENT à l'acheteur d'origine de ce livre électronique. Aucune partie de ce livre électronique ne peut être reproduite, scannée ou distribuée sous quelque forme imprimée ou électronique que ce soit sans l'autorisation écrite préalable des auteures. Veuillez ne pas participer ni encourager le piratage de documents protégés par droits d'auteur en violation des droits des auteures. N'achetez que des éditions autorisées.

Publié aux États-Unis d'Amérique

Renee Rose Romance

Ce livre électronique est une œuvre de fiction. Bien que certaines références puissent être faites à des évènements historiques réels ou à des lieux existants, les noms, personnages, lieux et évènements sont le fruit de l'imagination des auteures ou sont utilisés de manière fictive, et toute ressemblance avec des personnes réelles, vivantes ou décédées, des établissements commerciaux, des évènements ou des lieux est purement fortuite.

Ce livre contient des descriptions de nombreuses pratiques sexuelles et BDSM, mais il s'agit d'une œuvre de fiction et elle ne devrait en aucun cas être utilisée comme un guide. Les auteures et l'éditeur ne sauraient être tenus pour responsables en cas de perte, dommage, blessure ou décès résultant de l'utilisation des informations contenues dans ce livre. En d'autres termes, ne faites pas ça chez vous, les amis !

❦ Réalisé avec Vellum

LIVRE GRATUIT DE RENEE ROSE

Abonnez-vous à la newsletter de Renee

Abonnez-vous à la newsletter de Renee pour recevoir livre gratuit, des scènes bonus gratuites et pour être averti·e de ses nouvelles parutions !

https://BookHip.com/QQAPBW

1

Caitlin

Les poings au niveau des seins, les coudes en arrière, je mène ma classe de danse cardio pour leur faire bouger les fesses en rythme avec la chanson *Sweet but Psycho*[1].

Oui, c'est à peu près mon hymne.

— Un pas en avant, baissez la main devant vous, chantai-je dans le casque-micro, exagérant les mouvements pour aider la classe à me suivre.

La danse cardio, voilà mon truc. Je l'enseignais quatre soirs par semaine à la salle de sport du campus et prenais d'autres cours de gymnastique lors de mes soirées libres. N'importe quoi pour continuer à me faire bouger, ce qui semblait probablement étrange pour une geek passionnée d'informatique.

Cela frisait l'obsession, mais ce n'était pas que je haïssais mon corps. Je ne faisais pas du sport pour atteindre un idéal corporel ni pour avoir une certaine apparence.

J'avais simplement besoin de bouger. Sinon, j'avais du mal à rester dans mon corps.

Trouble dissociatif, tel était le diagnostic officiel. Je déconnectais quand les choses devenaient trop intenses pour moi. Le mouvement m'aidait. La douleur et le sexe fonctionnaient encore mieux.

Consensus général… J'étais brisée.

Mais ça n'avait pas vraiment d'importance, parce que mon temps était compté.

Le siphon que j'avais placé sur les affaires du casino des Tacone – celui où je détournais un cinquième de cent sur chaque transaction – avait été désactivé deux semaines auparavant.

Et même si j'avais utilisé un compte off-shore pour déposer les fonds avant de payer les frais de scolarité avec pour mon frère et moi, il y avait un sacré risque que je finisse par flotter avec les poissons, comme on dit.

Mais je l'avais su en me lançant dans mon petit plan de vengeance.

— Seconde position tendue, inspirez profondément.

Je commençai le retour au calme. Cela se terminait toujours trop vite. Je menai la classe pour les étirements finaux et les remerciai tous d'être venus.

— Merci, Caitlin.

Mes élèves me faisaient signe de la main et souriaient alors qu'ils s'en allaient. Ici, j'étais presque normale. Je pouvais simplement être l'un d'entre eux. Une jolie étudiante de troisième cycle au grand sourire qui faisait de l'exercice.

C'était lorsque les gens apprenaient à me connaître un peu mieux qu'ils voyaient ma folie, qu'ils décidaient que j'étais le genre de fille à éviter. Ce qui me convenait très bien.

J'attrapai ma serviette et me dirigeai vers les douches,

ramassant mon téléphone pour vérifier mes messages. Pas que j'en avais. C'était simplement une habitude anxieuse qui datait de l'époque où mon frère Trevor était encore en famille d'accueil, et où je flippais s'il ne me contactait pas tous les jours pour me faire savoir qu'il était encore vivant.

Qu'il allait toujours bien, qu'il ne vivait pas le cauchemar que j'avais vécu.

C'était une des nombreuses bizarreries pour lesquelles je devais remercier les Tacone. Les effets secondaires du fait d'avoir eu un père assassiné par la mafia.

Sauf que maintenant que j'avais obtenu ma vengeance, maintenant qu'ils étaient à mes trousses, je me disais que je n'aurais pas dû mettre un coup de pied dans la fourmilière.

J'étais probablement plus utile à Trevor vivante que morte. Même si j'avais généré assez de fonds pour payer nos frais de scolarité.

Mieux valait l'avertir. Je composai son numéro et il décrocha immédiatement.

— Hé, Caitie.

Il était la seule personne à qui je permettais de m'appeler comme ça.

— Hé, Trevor. Tout va bien ?

— Oui. Pourquoi ça ne serait pas le cas ?

C'était parfois étrange pour moi de voir à quel point il avait fini par être normal, comparé à moi. Mais il avait eu une famille d'accueil convenable, et il m'avait eu moi.

Moi, je n'avais eu que la laideur et moi-même sur qui me reposer.

— Hé, je dois te dire quelque chose, mais ça va aller, dis-je rapidement, juste pour cracher le morceau.

J'avais déjà essayé de lui dire à quatre reprises depuis que l'argent n'arrivait plus, mais je m'étais dégonflée chaque fois.

— Qu'y a-t-il ?

— Hum, il se peut que j'aie hacké une société que je n'aurais pas dû énerver.

— Oh mince. Que s'est-il passé ? Tu es en prison ?

— Non, pas en prison. Ça ne va probablement pas prendre cette tournure. Tu te souviens qui a tué papa ?

Trevor devint mortellement silencieux. Quand il reprit la parole, sa voix semblait effrayée.

— Dis-moi que tu n'as pas fait ça.

— Si. Enfin, ils ne vont probablement pas s'en rendre compte, mais si cela se produit, tu te souviens de l'endroit où nous disions que nous nous retrouverions si quoi que ce soit de mal arrivait en famille d'accueil ?

Je ne sais pas pourquoi je parlais par code. Ce n'était pas comme si la mafia avait été dans le vestiaire en cet instant. Ou avait mon téléphone sur écoute.

— Je m'en souviens.

— Si je dois fuir, c'est là que j'irai. D'accord ?

— Bon sang, Caitie. C'est grave. Tu es folle ?

— C'est ce qu'ils disent tous, lui rappelai-je d'une voix chantante. Normalement, il ne va rien se passer. J'ai pensé que je devais te prévenir juste au cas où.

— Peut-être que tu devrais aller t'y cacher maintenant.

— Non, je ne sais même pas s'ils remonteront jusqu'à moi. Mais si c'est le cas, je m'arrangerai. Je ne veux pas que tu t'inquiètes.

— Mouais, je *suis* très inquiet.

Cela me fit chaud au cœur. Trevor était la seule bonne chose dans ma vie.

— Eh bien, ne le sois pas. Tu me connais… Je peux prendre soin de moi. Je trouverai quelque chose. Sois simplement prudent avec des textos venant de ma part et ne dis pas où je suis si quelqu'un vient te questionner.

— Je ne dirai rien. Bon sang, Caitlin !

— Ça va. Je te promets. Je t'enverrai un texto demain.

— Très bien. Sois prudente.

— Je le serai.

Je raccrochai et fourrai mon téléphone dans mon sac avant de retirer mes vêtements pleins de sueur pour aller prendre une douche.

Si seulement j'avais pu croire que j'avais tout ça sous contrôle.

Je me rinçai avec la chanson *Sweet but Psycho* qui tournait en boucle dans ma tête.

∼

Paolo

J'ENTRAI par effraction dans l'appartement de Caitlin West – alias « WYLDE » – en utilisant la clé que j'avais fait faire par un serrurier qui me devait un service. J'avais envoyé un de mes hommes de main pour l'observer la semaine précédente et me donner les détails sur ses habitudes, alors je savais qu'elle donnait son cours de danse cardio en cet instant.

Elle allait bientôt rentrer, et j'avais hâte de la prendre par surprise quand elle arriverait.

L'intimidation était une discipline artistique que j'avais passé toute une vie à perfectionner, et j'allais ficher les jetons à la petite hackeuse qui avait pris pour cible les caisses du casino de ma famille.

En tant que second fils du désormais emprisonné Don Tacone, chef de la plus grande famille criminelle de Chicago, j'avais appris à faire craquer mes articulations et à prendre de grands airs quand j'étais un bambin. À tabasser depuis l'âge de six ans.

La plupart du temps, ma réputation et un aperçu de

mon flingue faisaient tout le boulot nécessaire. Il était rare que je doive vraiment faire du mal à quelqu'un ou proférer clairement des menaces.

Alors quand mon frère m'avait demandé de m'occuper de notre hackeuse, j'avais été heureux de m'en charger. Surtout après que j'avais vu une photo de la geek. Le nom Wylde[2] semblait lui correspondre. Ce n'était pas ses lunettes noires ni l'amas de ses longs cheveux épais, c'était le gloss rose sur ses lèvres au sourire narquois qui me faisait penser qu'elle n'était pas la geek antisociale à laquelle on se serait attendu de la part de quelqu'un possédant ces talents particuliers.

Le logement était minuscule – un « studio », il me semblait qu'on appelait ça comme ça – avec le coin cuisine d'un côté et de l'autre le lit, une minuscule salle de bains à côté du coin salon-salle à manger. C'était le bazar : des vêtements partout, de la vaisselle sale sur toutes les surfaces.

Je ramassai d'un doigt un minuscule string blanc.

Des geeks avec des petites culottes sexy. Ça aurait pu être un fétiche à lui tout seul. Ça correspondait assez à la bibliothécaire sexy. Je lançai la petite culotte dans son panier à linge et continuai mon exploration.

Des piles de livres et d'équipement informatique recouvraient les murs et le bureau. Un vieux vélo était posé contre un mur, un casque pendant du guidon.

J'errais, examinant ses affaires. Des *ramen* et des haricots blancs à la sauce tomate dans les placards. Des burritos dans le congélateur. Au moins, elle ne vivait pas la grande vie avec notre fric.

D'après mon frère Stefano, tout l'argent volé avait été transféré d'un compte off-shore droit vers le bureau de l'agent comptable de la Northwestern University. Mais si j'étais censé penser que c'était noble de sa part de ne voler que pour son éducation, c'était loupé. Elle s'en était prise à la mauvaise famille.

Je m'arrêtai pour examiner son tableau d'affichage. Plusieurs emplois du temps des salles de yoga et de danse du coin étaient punaisés au-dessus de cartes de restaurants en livraison. Il n'y avait qu'une seule photo... de Caitlin et d'un jeune homme. Je la pris et l'examinai.

C'était le frère cadet, Trevor... je voyais une ressemblance familiale.

C'était mon atout en réserve. J'avais un gars qui surveillait le gamin de vingt ans. Il était étudiant en art dans la même université. Impossible que ma petite hackeuse essaie un coup tordu alors que je tenais son frère à la gorge.

Elle nous rendrait notre argent – elle le volerait à quelqu'un d'autre ou ferait ce qu'elle avait à faire – et je pourrais envisager de les laisser tous les deux vivre.

En temps normal, ce n'était pas la politique des Tacone, mais c'était une fille.

Et sexy en plus.

Et puis, je ne faisais pas de mal aux femmes.

Je parcourus son placard, souriant quand je trouvais les vêtements auxquels je m'étais à moitié attendu ou que j'avais espéré y trouver. L'impression que j'avais eue était la bonne. Elle avait des trucs coquins... De la résille. Des shorts courts. Des hauts extra-fins et déchirés. Du matériel de strip-teaseuse, seulement, elle n'était pas strip-teaseuse.

Bon sang, je *savais* que cette fille était tordue.

J'aurais juré que je le savais par la photo. Le truc de geek ne lui correspondait pas, malgré les grosses lunettes noires et les vêtements négligés. Quelque chose chez elle annonçait le sexe. Peut-être que c'était le gloss couleur bonbon avec cette large grimace. Ou la manière dont elle se tenait. *Bon sang*, elle *incarnait* le plaisir charnel.

Et c'était pour ça que j'avais attendu avec impatience cette rencontre toute la semaine.

Je lançai un coup d'œil à l'horloge. Bientôt l'heure du spectacle. Je balançai sur le sol les vêtements jetés sur le fauteuil et me mis à l'aise pour attendre.

Je ne me donnais même pas la peine de sortir un flingue pour le poser sur ma cuisse comme je l'aurais fait avec un mec.

Elle aurait déjà assez peur de me trouver dans son appartement.

Et ça n'aurait pas dû me donner la trique, mais ce fut quand même le cas.

Mais même avec mes recherches et mes propres conjectures, je n'étais quand même pas préparé à la catastrophe sexy qu'était la hackeuse qui débarqua.

Elle entra dans son appartement avec des écouteurs dans les oreilles, faisant apparemment toujours le bœuf sur sa playlist d'exercices. Elle portait un pantalon de yoga et une doudoune, qu'elle retira instantanément, la laissant tomber sur le sol. En dessous, elle portait un *crop top* qui mettait en valeur un ventre parfaitement tonique sous une paire de seins fermes. Ses cheveux bruns étaient remontés en chignon épais et désordonné, et elle portait ce gloss vif qui me faisait imaginer à quoi ressemblerait sa bouche autour de ma queue.

Elle ne me remarqua pas quand elle entra. Elle ne remarqua pas grand-chose. Elle semblait perdue dans ses pensées alors qu'elle allait droit à la cuisine, se versait un bol de céréales Golden Grahams et du lait et commençait à manger debout.

Ce ne fut qu'à ce moment-là qu'elle se retourna et me remarqua.

Le bol de céréales tomba bruyamment sur le sol alors

que son hurlement transperçait l'air. Des éclaboussures de lait volèrent partout.

Ses yeux écarquillés se soudèrent aux miens, cette jolie bouche s'ouvrit.

Mais elle se reprit bien plus vite que je ne m'y attendais. Un simple hurlement court et elle se tut.

— Bonsoir, Caitlin.

— Oh.

Sa paume voyagea sur son ventre tonique, essuyant les éclaboussures de lait, puis elle l'essuya sur son postérieur. Et c'était un très beau postérieur.

— Ce sont les Tacone qui vous envoient ?

Elle semblait avoir le souffle coupé. Bien. Elle m'attendait.

— Je me suis envoyé moi-même.

— Monsieur Tacone, donc.

Et c'est alors que je me rendis compte que mon habituel truc d'intimidation était un échec complet.

Parce que la petite miss hackeuse glissa lentement la main entre ses cuisses, soutenant mon regard pendant qu'elle recourbait les doigts, se touchant comme si elle regardait un porno.

Ou plutôt, comme si elle *était* la star du porno et qu'elle savait qu'elle me tenait par ce simple geste.

Caitlin

— Qu'est-ce que tu fais, *nom de Dieu* ? demanda mon tueur à gages.

Il avait cette manière résolument urbaine et assurément dangereuse de dire « nom de Dieu ». Quand un universitaire disait « nom de Dieu », ça ne signifiait rien. La manière dont ce gars le disait me frappa droit dans la poitrine. C'était une agression en soi.

Il était bien plus beau que je ne m'y étais attendue. D'une beauté sombre et diabolique, ce qui semblait injuste, puisque c'était également un multimillionnaire.

Et un tueur, me rappelai-je alors que je cherchai mon clitoris à travers mon pantalon de yoga. C'était de la manipulation. J'essayais de le prendre au dépourvu par ma folie. Mais c'était aussi pour moi. Le sexe me ramenait dans mon corps et je devais réfléchir, à ce moment-là. Je ne pouvais pas me dissocier quand ma vie était en danger.

Alors je remuai lentement les doigts entre mes cuisses, faisant rouler mon piercing à capuchon clitoridien pendant que je me forçais à respirer et à fixer les yeux marron foncé d'un des individus *les plus dangereux* de Chicago.

J'avais toujours su qu'on en arriverait là. Moi creusant ma propre tombe pendant qu'un gars en costume italien pointerait un pistolet vers ma tête. Seulement, il ne se donnait même pas la peine de sortir une arme. C'était comme s'il savait que, même assis sans arme visible, j'étais à sa merci.

Je triturais mon clitoris plus fort, poussant le piercing dessus pour sentir une friction supplémentaire, alors que ma bouche se détendait et que mes mamelons durcissaient. Et pendant tout ce temps, je regardais l'homme dans mon appartement, guettant l'occasion de m'enfuir ou de le tuer la première. Il haussa les sourcils, et je me rendis compte qu'il attendait une réponse à sa question.

Je haussai les épaules comme s'il était parfaitement normal de se toucher quand on trouvait un tueur à gages de la mafia dans son appartement.

— Si je dois mourir, je veux au moins faire en sorte que

ce soit agréable. Vous savez, en faire mon fantasme, pas le vôtre, lui dis-je.

J'essayais de donner l'impression que je n'avais pas peur du tout.

Et c'était en partie vrai. La vie allait de toute façon vous ramoner sans ménagement, alors autant trouver un moyen d'apprécier. C'était mon mantra depuis le jour où mon père avait disparu. Depuis le soir où les services sociaux s'étaient pointés et nous avaient emmenés, avec mon frère, dans des familles d'accueil séparées.

— Oui ?

Le Tacone – je ne savais pas lequel des cinq frères car il ne me l'avait pas dit – décroisa lentement ses longues jambes et se leva de mon fauteuil. Il était grand et trapu : plus d'un mètre quatre-vingts, avec de larges épaules. Malgré sa taille et sa carrure, il s'avança d'un pas nonchalant vers moi avec une grâce décontractée et naturelle. Et il n'était pas énervé que je me masturbe. À en juger par le renflement dans son pantalon, il appréciait mon spectacle. Ce qui signifiait que le sexe était une arme que je pouvais utiliser avec lui.

Je n'allais pas dédaigner mes seuls atouts – ma sexualité et mon inconscience – pour lutter contre une situation perdue d'avance.

Il sortit deux colliers de serrage de la poche de sa veste, un sourire naissant aux coins de ses lèvres.

— Alors quel *est* ton fantasme, petite hackeuse ?

Il m'attrapa les poignets et me les cloua à l'avant, puis passa un collier de serrage autour.

Et par ce simple geste – le fait qu'il avait pris le contrôle de mon corps – je perdis en partie la tête, parce que désormais il avait Caitlin la perverse sous sa coupe.

Le collier de serrage me faisait mal alors je tordis les

poignets contre le plastique dur, le laissant s'enfoncer dans ma peau, me garder dans mon corps.

Je ramenai mes mains attachées vers mon clitoris palpitant et continuai à me masturber lentement. M. Tacone observait.

Puis il alimenta directement mon fantasme et pinça un de mes mamelons à travers mon haut et mon soutien-gorge de sport. Il le serra fort et le tordit.

— Je t'ai posé une question, Caitlin. J'attends une réponse.

Sa voix était basse et rauque. Elle s'enroula entre mes cuisses, suscitant des frissons de plaisir à travers mon corps.

Ne te perds pas dans le désir, m'avertis-je. C'était une frontière délicate. J'utilisais le sexe pour rester dans mon corps, mais je pouvais tout aussi facilement m'y perdre. Et je ne m'étais pas attendue à ce que mon tueur à gages soit aussi… attirant. Je perdais le petit avantage que je m'étais imaginé avoir.

Mes paupières papillonnèrent. Si j'avais porté une petite culotte, elle aurait été trempée. Mais là, j'étais nue sous mon pantalon de yoga alors il y avait probablement une tache humide.

Tacone me balança facilement sur son épaule, me portant pour rejoindre mon lit en quelques pas, m'y jeta et attacha un autre collier de serrage autour de mes chevilles. Quand je roulai sur le côté, il me donna une tape sur les fesses.

— Quel est ce fantasme, petite voleuse ?

Je remuai mon postérieur sur le lit.

— Encore un peu de ça, ronronnai-je.

C'était censé le provoquer.

Pas parce que je mouillais à cette idée. Pas parce que j'étais complètement folle.

Pas parce que plus les choses devenaient sérieuses pour

moi, plus je me tournais vers la douleur et le sexe en tant que situations que je savais gérer.

Étonnamment, mon tueur à gages mordit à l'hameçon. Il immobilisa mes hanches d'une main et me frappa le postérieur de l'autre deux fois. *Fort.* Il ne plaisantait pas.

— Vraiment ?

Je roulai sur le ventre, tendant mes poignets attachés au-dessus de ma tête pour y arriver, remuant le postérieur pour en avoir plus.

Mais de sérieux doutes apparurent quand il déboucla sa ceinture et la tira par les passants.

Ce gars était sérieux. Ce n'était pas un des dominants avec qui j'avais fait des scènes pour avoir ma dose. Il était venu ici pour me faire du mal… probablement me tuer. Alors j'aurais dû être terrifiée. Et je l'étais. Mais… cela rendait également ça cent fois plus excitant qu'une scène consentie négociée à l'avance. Parce que le danger était réel. Le risque était considérablement plus élevé.

Un thérapeute s'en serait donné à cœur joie.

Il enroula la boucle de sa ceinture autour de sa main d'une manière rapide et efficace. Puis ce fut parti. Le premier coup atterrit pile au milieu de mon postérieur. La douleur illumina les zones érogènes autour.

Oui !

Je soulevai mon derrière pour en avoir plus. Il tanna sérieusement mon postérieur, frappant la partie inférieure de mes fesses encore et encore jusqu'à ce que j'aie chaud, le souffle coupé, que je sois enivrée sous la montée d'endorphines.

— Comme ça ? demanda-t-il après plus de deux douzaines de coups.

Je roulai sur le dos et dirigeai de nouveau mes mains entre mes cuisses.

— Est-ce que je t'ai dit que tu pouvais te toucher, bon sang ?

Il attrapa mes poignets attachés et les délogea.

Nom d'un chien. Soit ce gars savait naturellement jouer les enfoirés dominants, soit il faisait partie de la scène déviante, comme moi.

— S'il vous plaît, geignis-je.

Pourquoi ne pas essayer ? Un orgasme de plus, voilà ma dernière volonté.

Les dieux de la perversité me sourirent, parce qu'il maintint mes poignets prisonniers d'une main et déplaça le pouce de son autre main vers mon clitoris et le tritura, fermement et rapidement.

La surprise se lut dans ses yeux quand il découvrit mon piercing, mais il apprit rapidement à l'utiliser comme un pro.

Mes yeux se révulsèrent. Je hoquetai et retins mon souffle. Je décollai immédiatement, pliant et redressant mes jambes attachées comme une grenouille, mes muscles internes se resserrant sur du vide.

Tacone marmonna quelque chose en italien… cela ressemblait à un juron, puis il baissa la fermeture Éclair de son pantalon et en sortit sa verge. Je sentis un instant de peur glaçante à l'idée d'être violée avant que la folie ne s'empare de nouveau de moi, et je repris mon rôle.

Quand il empoigna son érection et la caressa de la base à l'extrémité, je me décalai sur le lit pour approcher mon visage de son entrejambe. Il m'arrêta avant que ma bouche n'atteigne sa verge, attrapant mon chignon et tirant sur mes cheveux.

— Je ne suis pas sûr de te faire confiance pour poser ta bouche sur ma queue, poupée, me dit-il.

J'ouvris la bouche, offrant une invitation claire.

Il secoua la tête mais dirigea quand même sa verge vers ma bouche.

— Je sens ne serait-ce qu'une dent et ce sera la dernière fichue queue que tu verras. *Capiche ?*

Caitlin la Folle ajouta un point dans ma colonne. Tailler une pipe impliquait toujours une certaine dose de pouvoir, même attachée et à sa merci.

— Oui, monsieur, répondis-je automatiquement – le protocole BDSM m'avait été inculqué.

Agrippant toujours mes cheveux, il plongea sa verge dans ma bouche puis dans ma gorge.

— Oui, monsieur Tacone, corrigea-t-il.

— Oui, monsieur Tacone, acquiesçai-je quand il retira ma bouche de sa verge.

Il y replongea.

— Fais que ça vaille le coup, petite hackeuse. Que ça vaille comme cent cinquante mille dollars.

Un accès de peur me traversa au rappel de l'argent que je leur avais volé, mais Caitlin la Folle s'avança de nouveau. Je pouvais aussi bien apprécier la dernière queue que j'allais voir. Ce n'était pas une épreuve non plus, parce que mon corps savourait encore la poussée d'endorphines. Mes fesses me piquaient encore et palpitaient sous une délicieuse flagellation et je venais d'avoir un puissant orgasme.

— Bonne fille, me complimenta-t-il.

Je me perdis, les yeux clos, la tête allant et venant, la langue tournoyant avec enthousiasme.

Je fis ça aussi bien que je savais le faire. On m'avait dit que mes fellations étaient du tonnerre. Cela pouvait être la fellation qui me sauverait la vie.

Paolo

Ça ne pouvait pas être réel.

Trente minutes que j'étais là et elle me suçait la queue comme si sa vie en dépendait.

O.K., elle *croyait* probablement que sa vie en dépendait. Un homme meilleur se serait senti mal de fourrer sa verge dans la bouche d'une fille qu'il avait attachée sur son lit, mais ce n'était pas mon cas.

Elle l'avait proposé, bon sang. Son excentricité volait haut.

Et ouais, je pensais vraiment qu'il était encore possible qu'elle essaie de me l'arracher avec les dents. Cette fille était une cinglée.

Mais c'était.
Tellement.
Bon.

Je l'étouffai chaque fois que je m'enfonçai profondément dans sa gorge. Je regardai les larmes monter dans ses yeux alors qu'elle luttait pour respirer, mais elle continuait à reprendre sa succion enthousiaste.

Je voulais que cela dure pour toujours. Je me demandais combien de temps elle pouvait tenir. Vingt minutes ? Une demi-heure ? Elle avait certainement un talent fou. Mais elle gémit autour de ma verge, comme si cela l'excitait de me tailler une pipe, et mes bourses se tendirent. Et puis mince. J'allais la laisser s'en sortir facilement pour cette fois parce qu'elle était terriblement douée.

J'enfonçai mes doigts dans sa chevelure, retirant le chouchou qui la retenait en chignon et laissai la pagaille brune retomber. Ses cheveux étaient longs et épais.

Sauvages, comme elle.

Je les empoignai et lui maintins la tête immobile alors

que j'allais et venais dans sa bouche plus rapidement, lui manquant sérieusement de respect sans même une once de regret.

— Je vais jouir, poupée. Tu vas avaler comme une bonne fille ?

Ses yeux bleus croisèrent les miens, elle hocha la tête et émit un son.

Je jouis, tirant encore plus sur ses cheveux.

Elle déglutit encore et encore, passant sa langue autour de ma verge pour me nettoyer.

Puis l'intimidation fila par la fenêtre. Je lui caressai la joue. Sa peau était douce et lisse. Elle avait le teint pâle, avec la plus mignonne des traînées de taches de rousseur sur le nez. Les lunettes étaient de travers sur son visage.

Je lui massai le crâne, essayant de chasser l'endolorissement après lui avoir tellement tiré les cheveux, allant et venant toujours dans sa bouche.

Je me retirai et passai le pouce sur sa bouche généreuse. J'avais envie d'embrasser ses lèvres brillantes, mais je résistai.

La gratitude d'après fellation me saisit violemment – ha… – et j'étudiai Caitlin, fasciné par tout ce que je voyais.

Cette femme était une fichue licorne. Du genre qui ne devrait pas exister.

Quel genre de hackeuse de génie avait un corps aussi sexy et poussait un mec vers du sexe déviant quand elle aurait dû trembler comme une feuille ?

Celle-ci, apparemment.

Et je pourrais bien tomber amoureux.

Si j'avais cru à l'amour, je veux dire.

Mais sérieusement. Elle était tout ce que j'avais déduit de sa photo et bien plus, et je voulais tout savoir sur elle. Je voulais l'ébranler, la briser, la reconstruire, la briser à nouveau.

La vénérer.

Parce qu'en cet instant, je me sentais reconnaissant et je voulais goûter son sexe.

Je descendis brusquement son legging jusqu'aux colliers de serrage sur ses chevilles, que je levai bien haut pour voir les dommages que j'avais causés à son postérieur. Pas trop mal. Des marques rouges et gonflées. J'aurais dû me sentir coupable mais il semblait qu'elle en ait apprécié chaque seconde.

Je passai la paume sur les marques que j'avais laissées, serrant ses miches musclées, les frappant. Maintenant que j'étais devenu agressif avec elle, j'adorais la sensation. Je n'avais jamais levé la main sur une femme avant, mais j'aurais pu fesser cette fille toute la nuit.

— Comment va ton derrière ? demandai-je, juste pour être complètement sûr que je la comprenais bien.

Elle cligna des yeux vers moi. Le regard fou et voilé avait disparu de ses yeux bleus, maintenant. Je voyais l'intelligence et une touche d'incertitude dans son regard.

— J'aurais pu prendre plus.

Ça n'avait pas l'air d'être un défi. Pas comme si elle se vantait ou me défiait de lui en donner plus. À la place, cela ressemblait à un aveu qu'elle n'était pas sûre de devoir faire. Elle était honnête. Comme si j'étais son partenaire sexuel et que nous allions recommencer.

Bon sang. Je réajustai mon membre. Je venais de jouir, mais une autre érection apparaissait déjà.

Je remuai les sourcils.

— J'en prends bonne note.

Je lui donnai encore quelques coups, bien plus fort qu'avant.

Elle poussa un cri perçant, relevant brusquement son postérieur. Je frappai son intimité et ma paume en revint humide.

J'abaissai ses fesses sur le lit et lui écartai largement les jambes.

Elle hoqueta, formant un joli « O » avec ses lèvres, tandis que ses yeux voilés étaient écarquillés et surpris.

Son intimité était complètement épilée, ce qui me plaisait et me rendait furieux en même temps. Pour qui la gardait-elle ainsi ?

J'avais soudain envie de tuer tous les enfoirés qui avaient été là avant moi.

Et tous ceux qui seraient là après moi.

Ne permets à personne d'être là après toi, gronda la voix possessive dans ma tête.

Ce qui était stupide, parce que je n'allais pas la garder. J'étais venu pour récupérer mon argent, c'était tout. Les relations, c'était pour les femmelettes.

Je remontai son haut et sa brassière de sport au-dessus de ses nichons et pris un instant pour me délecter de cette vue. L'élastique serré de la brassière repoussait ses seins fermes vers le bas, les faisant ressortir, recherchant la liberté. Le bout de ses mamelons était d'une couleur de pêche, sa peau était pâle. Elle était comme Blanche Neige, avec ses cheveux presque noirs et sa peau blanche. Ses yeux bleus apportaient une explosion de couleur à cette palette.

Elle frissonnait sous mon regard, ce qui fit naître un sourire sauvage sur mes lèvres. Soudant mes yeux aux siens, je baissai lentement la tête entre ses jambes. Je la léchai, écartant de ma langue ses grandes lèvres en en suivant l'intérieur.

Ses genoux tressaillirent et se plaquèrent contre mes oreilles. Je les repoussai en appuyant fermement contre l'intérieur de ses cuisses et passai la langue sur son clitoris. Elle avait le capuchon percé, ce qui était sérieusement sexy. Cette fille était tordue au possible.

— Oh… oh ! Oh-mon-Dieu. C'est tellement bon, gémit-elle.

Je profitai de son appréciation enthousiaste et montai d'un cran. Je léchai ses fluides, m'activant plus vite, puis lui fis une feuille de rose et elle poussa un cri perçant. L'intérieur de ses cuisses tremblait contre mes épaules. Son ventre palpitait alors qu'elle hoquetait et laissait échapper des expirations tremblantes.

— Mon Dieu. Monsieur Tacone… caïd, grand boss.

J'émis un petit rire contre sa peau douce devant le flot de mots provenant de ses lèvres.

Elle était adorable.

Elle se tortillait sous moi et j'attaquai son clitoris et son piercing par de rapides coups de langue alors que j'enfonçais un doigt en elle.

Je déplaçai mon pouce sur son anus et massai le contour.

— Voilà ce qui va se passer. Je vais sucer ton petit clitoris et compter jusqu'à quatre. Et tu vas jouir sur mon visage d'ici la fin du décompte. *Capiche ?*

Ça lui plaisait. Elle hocha rapidement la tête, et ses yeux, dont les pupilles étaient devenues énormes, semblaient noirs.

— Gentille fille. On y va.

Je baissai la tête et passai la langue sur son clitoris plusieurs fois, puis l'attirai entre mes lèvres. Le piercing m'aidait à garder le capuchon rétracté et me facilitait la succion.

Elle jouit quand j'arrivai à deux.

Folle petite chose, réactive et obéissante.

J'*étais* amoureux.

Je voulais la garder.

Devais-je la garder ?

Non. Ça me lasserait vite. Et elle était clairement

cinglée. De plus, elle avait une vie. Des études supérieures. Une carrière.

Elle avait peut-être cherché les Tacone, mais je n'étais pas prêt à lui retirer tout ça.

Elle devait simplement arranger les choses, puis je la laisserais partir.

Sans rancune.

Quand son orgasme se calma, je la léchai encore un peu, mordillant une de ses lèvres. Puis je remontai son pantalon, à peine capable de résister à l'envie de passer encore quelques fois sur son clitoris.

— Est-ce que vous allez me tuer ? demanda-t-elle d'une voix rauque.

Retour aux affaires.

— Nous verrons, lui dis-je, parce que j'étais un bâtard.

J'étais un bâtard et ça ne me dérangeait pas qu'elle ait peur. Surtout maintenant que je savais que ça l'excitait autant que moi.

---

1. NdT : Le titre signifie « Douce, mais tarée ».
2. NdT : Wylde se prononce comme le mot « wild » qui signifie « déchaînée » ou « sauvage ».

2

Caitlin

M. Tacone entra d'un pas tranquille dans la cuisine et prit la bouteille d'eau que j'avais laissée sur le plan de travail. Quand il me la rapporta pour que je boive, ma confusion fut totale.

J'avais beau vouloir y croire, je n'arrivais pas à me persuader que je venais d'amadouer ce gars d'une simple fellation. Enfin, peut-être un peu, mais il était quand même là pour me tuer.

Peut-être qu'il était comme un chat qui aimait jouer avec ses victimes d'abord. Eh bien, tant mieux. Davantage de temps pour moi pour trouver comment me sortir de ce pétrin. De plus, j'adorais la manière dont il jouait. Il était plus doué que n'importe lequel des prétendus dominants du donjon local. Plus beau. Plus autoritaire. Adroit avec une ceinture.

Il me laissa la bouteille d'eau et fit le tour de mon appartement, ramassant des objets et les examinant. Il ouvrit ma sacoche – celle que je transportais toujours avec moi – et en sortit tout. Mon ordinateur portable, mon portefeuille, les vêtements de sport que j'avais portés avant de prendre une douche à la salle de sport. Il étudia les vêtements humides et pleins de sueur, puis tourna son regard vers moi, ses yeux glissant sur ma tenue.

— Je vis dans des pantalons de yoga, lui expliquai-je. Celui-là est propre, ou il l'était, avant que vous ne me fassiez dégouliner dessus.

Ses lèvres tressaillirent. Il continua d'examiner mes affaires, faisant défiler tous les messages sur mon téléphone, ouvrant l'ordinateur et cliquant sur les boutons.

Finalement, il retourna le fauteuil vers moi et s'assit.

— Bon, Caitlin.

— Oui, monsieur.

J'étais allongée sur le côté, les chevilles et les poignets attachés, mon postérieur palpitant toujours sous la chaleur de sa flagellation et le goût de son sperme était encore dans ma bouche. Je me sentais assurément soumise, alors même que je cherchais un moyen de m'échapper.

Il croisa ses longues jambes et desserra sa cravate. Je me demandais s'il s'était bien habillé pour moi ou si c'était comme ça qu'il s'habillait toujours quand il se pointait pour tuer quelqu'un. Comme si c'était l'uniforme de travail de la mafia ou quelque chose comme ça.

— Parmi tous les casinos de Las Vegas, tu as choisi le nôtre. Ça semble un peu personnel, poupée. Ça l'est ?

J'aurais dû m'attendre à cette question et avoir une réponse toute prête, mais pour une étrange raison, elle me prit par surprise. Je ne pus cacher la vérité qui se lisait sur mon visage ni donner une réponse assez rapidement pour avoir l'air réglo.

— Non.

Ma voix tremblait un peu.

Il pencha la tête sur le côté.

— Il va y avoir des conséquences pour m'avoir menti.

La menace franchit facilement ses lèvres. Avec suavité, même. Je vous jure, les dominants du donjon auraient dû prendre des leçons avec ce mec.

— Donc *c'est* personnel. Tu vis à Chicago… notre ville. Tu as une dent contre l'un de nous ?

Il observa mon expression, que j'essayais très sérieusement de garder neutre.

— Lequel ? Mon père ? Tu es un peu jeune pour ça.

Son père – Don Tacone – était en prison. Il y était depuis environ dix ans. Je le savais par mes recherches. La vérité était que je ne savais pas quel Tacone était coupable ou avait donné l'ordre. Je savais simplement qu'ils étaient responsables.

Je secouai la tête.

— Pas de dent contre vous. J'avais juste entendu parler de votre famille en vivant ici et que vous vous étiez lancés dans le business des casinos à Las Vegas.

Il ne bougea pas, me regarda simplement, et je savais qu'il savait que c'étaient des salades. Intéressant qu'il ne mette pas à exécution sa menace de conséquences.

Cela me fit en fait plus peur. Une autre flagellation, je pouvais encaisser. Un peu de torture.

Ne pas savoir ce qu'il pensait me glaçait jusqu'au fond de moi.

— Je dois faire pipi.

Ce n'était pas un mensonge. Mais j'avais aussi désespérément besoin de m'éloigner de son regard insistant.

Il resta immobile, m'étudiant encore un instant, puis se leva du fauteuil. Sans un mot, il me prit dans ses bras, puis me balança sur son épaule dans l'infâme position du sac de patates. Et bien sûr, sa main s'abattit sur mon postérieur.

Cela déclencha toutes sortes de sensations excitantes dans mon corps.

Je canalisai les picotements et l'élan de désir qui me traversait en étant aussi facilement manipulée par un homme aussi grand, compétent et dangereux, pour trouver un moyen de m'en sortir. Je pourrais prendre un rasoir dans la douche pour l'utiliser contre lui.

Mais je savais que c'était stupide. Un homme avec de grosses mains comme lui pourrait facilement me repousser de son petit doigt, même si j'avais une lame aiguisée. M'échapper serait une meilleure option. J'avais simplement besoin que mes chevilles ne soient pas entravées pour courir.

Y avait-il des ciseaux dans la salle de bains ? Je regardai autour de moi désespérément quand il me posa, mais je savais déjà qu'il n'y avait rien. Mon appartement était peut-être en pagaille, mais j'étais du genre à savoir exactement où chaque chose se trouvait dans cette pagaille.

Pas de ciseaux dans la salle de bains. Peut-être un coupe-ongles.

Mon tueur à gages passa le pouce sous l'élastique de mon pantalon de yoga et le fit descendre sur mes cuisses. Après ce qu'il avait déjà fait, cela n'aurait pas dû me faire rougir, mais ce fut le cas. Il y avait quelque chose d'encore plus intime dans le fait de faire pipi sur des toilettes devant quelqu'un que dans une fellation.

Il m'abaissa pour m'asseoir sur les toilettes et se tint juste au-dessus de moi, les bras croisés.

D'accord, prendre le coupe-ongles dans le tiroir ne serait peut-être pas possible avec ce niveau de surveillance.

Nom d'un chien !

Je le fixai un instant du regard. Mes mamelons s'étaient durcis.

—Je croyais que tu devais faire pipi.

Sa voix était un grondement profond et autoritaire.

— C'est difficile quand vous me fixez du regard ! Est-ce que je peux avoir un peu d'intimité, s'il vous plaît ?

— Non.

Bon sang. Je détournai les yeux, trouvant un endroit sur le sol sur lequel me concentrer, parce que ce n'était pas un mensonge. Je ne semblais pas pouvoir rompre la tension. J'inspirai lentement, retins mon souffle et expirai.

M. Tacone ne bougea pas. Je reculai mes poignets attachés et lui donnai un petit coup sur la jambe.

— Vous en profitez un peu trop, vous ne croyez pas ?

Je vis une trace de sourire.

— Assurément.

Je soufflai, mais l'échange normalisa suffisamment les choses pour que je fasse pipi. Mon corps se détendit et je pus me laisser aller.

Je levai les yeux vers lui, le défiant.

— Pourriez-vous me donner du papier toilette ? Je ne peux pas l'atteindre.

Je me tournai et tendis brusquement les bras, feignant de le supplier.

Je ne savais pas pourquoi j'essayais de l'agacer – juste pour récupérer un peu de pouvoir, supposai-je, mais il semblait bien plus amusé qu'énervé. Il plia du papier toilette et le pressa entre mes mains attachées.

C'était vraiment difficile de m'essuyer et il me fallut quelques essais, mais je réussis avant de me lever.

Il remonta mon pantalon et je tombai contre lui. Mes mains attachées empoignèrent sa chemise nette alors qu'il passait un bras fort autour de moi. Son odeur était propre et masculine. J'aurais cru qu'il était du genre à porter un parfum lourd, mais tout ce que je détectais, c'était la légère odeur du savon et celle de sa peau.

Il me hissa de nouveau facilement sur son épaule.

— Très bien, Caitlin. Tu retournes au lit. Nous avons du temps à tuer avant que je ne t'emmène. Suffisamment de temps pour que tu révèles tous tes secrets.

Il me jeta sur le lit.

— Où allez-vous m'emmener ? demandai-je rapidement, à la fois pour le distraire de ses questions et parce que, ouais, j'avais besoin de savoir où serait ma dernière demeure, si c'était ce qu'il prévoyait.

— C'est moi qui pose les questions, petite hackeuse. Pourquoi mon casino ?

La chair de poule hérissa mes bras. Je haussai une seule épaule, parce que j'étais allongée sur l'autre.

—J'en avais entendu parler.

Il plissa les yeux.

— Tu es une fille intelligente, Caitlin… à l'évidence. Tu nous voles depuis des années et tu viens seulement de te faire prendre. C'était un coup intelligent, en plus. Il fallait du talent et beaucoup de réflexion pour l'exécuter. Il n'y a pas moyen que je croie que tu as choisi le seul casino de Las Vegas dirigé par des Siciliens pour ton arnaque, à moins que tu n'aies eu une bonne raison. Si tu voulais un casino à arnaquer, il y a au moins une centaine de meilleurs choix.

J'essayai de détourner les yeux des siens, mais découvris que c'était impossible. À la place, mon stupide visage se mit à rougir.

Il me domina de toute sa taille et agrippa ma mâchoire, penchant son visage vers le mien. Il était vraiment séduisant. Ses cils étaient bruns et incurvés, ses yeux marron chocolat. Pas de pattes d'oie. Ce gars prenait les choses au sérieux.

— Alors, ne me mens pas, bon sang. Je veux savoir ce qui a traversé ta jolie tête quand tu as choisi le Bellissimo.

Je n'allais pas le lui dire.

En tout cas, je n'en avais pas l'intention.

Mais il avait gagné tellement de contrôle sur mon corps que mon esprit semblait suivre. Ou peut-être que je voulais simplement qu'il sache qu'ils le méritaient. Si j'étais sur le point d'en mourir, je pouvais bien au moins illustrer mon propos avant.

— Vous avez tué mon père, chuchotai-je.

Paolo

Je relâchai son visage et reculai, surpris.

— Ah ouais ?

C'était possible. J'avais tué beaucoup d'hommes. Aucun qui n'ait pas mérité tout ce qui lui était arrivé. Je repensai à ce que j'avais lu dans son dossier sur la mort de son père. Il n'y avait certainement pas eu assez d'informations pour me rappeler quelque chose, s'il y avait quelque chose à se rappeler.

— Moi, personnellement, ou quelqu'un de l'organisation ?

Elle détourna les yeux. Elle essayait de le faire depuis un moment, mais je l'avais coincée dans un duel de regards gênant.

— Je ne suis pas sûre de qui a appuyé sur la gâchette.

— Mais il a été abattu ?

Elle ne répondit pas.

— Tu n'en es pas sûre.

Elle leva de nouveau les yeux. Elle voulait des réponses. C'était pour ça qu'elle m'avait laissé la trouver. C'était parfaitement logique. Une fille intelligente comme elle ne m'aurait pas laissé d'accès à sa porte, mais elle l'avait fait.

Bien sûr, elle était un peu catastrophique. Et elle avait ce penchant pour la punition.

Mais non, une partie d'elle avait voulu que je me pointe ici et lui donne des réponses sur la mort de son père. J'avais déjà vu ce genre d'obsession. C'est très dur quand il n'y avait pas de corps. On ne peut jamais vraiment faire le deuil de la personne.

— Il a disparu et tu penses que nous avons quelque chose à y voir.

Encore une fois, elle leva le regard. Un bien magnifique regard, en plus. Ses yeux bleus étaient franchement saisissants. Elle hocha la tête.

Bon sang. Cette fille me touchait. Je regrettais déjà d'avoir fourré ma verge dans sa bouche.

Mais non. Elle l'avait proposé… je ne l'avais pas forcée.

Et je lui avais donné du plaisir ensuite. J'avais encore son goût sur ma langue.

Je n'affichai rien de la compassion qu'elle m'inspirait. Je fronçai les sourcils vers elle avec un regard autoritaire et désapprobateur.

Mais j'aurais presque voulu avoir quelque chose à lui dire, lui donner le moyen de tourner la page qu'elle désirait. Mais c'était stupide. Même si j'avais su ce qui était arrivé à son père, je ne l'aurais pas admis. Ce n'était pas comme si j'avais pu l'emmener en voiture et lui montrer un lieu de sépulture où elle aurait laissé des fleurs. Nous parlions d'un délit majeur. « Homicide volontaire ». Peu importait que je veuille l'aider, ce n'était pas le genre de choses que j'avouerais. Pas à moins que je ne prévoie de la tuer ensuite.

— Qu'est-ce qui te fait penser que nous étions impliqués dans sa disparition ?

Elle retroussa les lèvres et détourna les yeux pour fixer un point sur le mur.

— Il travaillait pour vous. La police s'est enquise de toutes ses interactions avec les Tacone quand il a disparu. Ils en ont plus ou moins déduit que vous étiez les coupables mais ils ne pouvaient pas le prouver.

Je ne me souvenais sérieusement pas d'un gars du nom de West qui aurait travaillé pour nous. Nous exercions un contrôle serré. Uniquement des Siciliens. Pas d'étrangers. J'émis un son dubitatif.

— Les flics pensent que nous avons commis des centaines de crimes auxquels nous n'avons pas participé.

Ses yeux se plissèrent.

— Son nom était West ?

— Lake West.

— Lake.

Ce prénom déterra bien quelque chose. C'était un prénom marquant… étrange que je ne l'aie pas remarqué quand j'avais lu son dossier. Mais à ce moment-là, je ne cherchais pas de lien. Il me semblait me souvenir d'un minable voleur de ce nom. Du genre enquiquineur. Un mec blanc et maigre avec un jean bleu déchiré et délavé et une barbe qui n'était pas bien fournie.

Eh bien, mince. Peut-être que nous l'avions tué.

— Un voleur comme toi ?

Je regrettai presque cette question, parce que son visage prit une teinte de rose profond et sa mâchoire se crispa. Mais j'avais déjà commencé cet interrogatoire, alors je pouvais aussi bien souligner mon propos :

— Oui ? Voler les Tacone ne finit jamais bien, poupée.

Je vis passer un éclair de vulnérabilité sur son visage. Le chagrin et la peur mélangés au défi. Puis, d'un seul coup, ses yeux devinrent ternes.

Comme si elle était déconnectée et qu'il n'y avait plus personne à la maison.

Je repoussai la compassion que je ressentais pour elle.

C'était à cause de ce qu'elle m'avait déjà montré. Son côté excentrique. Le fait qu'elle m'avait fait une fellation, qu'elle avait roulé sur ce lit pendant que je la fouettais.

Et bon sang, j'avais apprécié de lui faire mal ainsi.

J'avais toujours su que j'avais une tendance sadique, je ne m'étais simplement jamais prêté au jeu. Notre père nous avait peut-être appris à diriger cette ville par la violence brute et l'intimidation, mais il nous avait aussi appris à respecter les femmes. Il n'avait jamais pris de maîtresse ni trompé notre mère. Il l'avait toujours traitée comme une déesse.

Et moi ? Je n'étais pas du genre rendez-vous et danse. J'étais du genre à les sauter durement et à les jeter dehors avant le matin, alors les relations n'avaient jamais été mon truc.

En baissant les yeux sur cette femme enflammée sous moi – et c'était une vraie femme, malgré son statut d'étudiante à l'université –, je me demandais si, peut-être, je n'avais simplement jamais trouvé le bon genre de femme avant. Je ne savais pas que les femmes comme Caitlin existaient.

Des femmes qui aimaient que ce soit aussi dur et brutal que moi, qui n'étaient pas offensées, ne pleuraient pas parce que j'étais un *stronzo* indélicat qui ne dirait jamais qu'il tenait à elle. Elle *appréciait* que je lui fasse mal.

Cristo, cela me faisait de nouveau bander de penser à fouetter le derrière de cette fille. Sa manière de gémir et de se masturber pendant que j'agissais. Sa manière de dire qu'elle aurait pu en recevoir plus.

Je m'éloignais d'elle pour l'instant, parce que sa flamme vive s'était éteinte à la seconde où j'avais pointé sa stupidité.

À la seconde où je lui avais signalé qu'il n'y avait pas de victimes innocentes ici. Son père nous avait probablement volés et avait reçu ce qu'il méritait. Et la même chose allait lui arriver, sans la partie où je la tuais.

Elle allait rembourser chaque cent volé avant que je ne la laisse s'en aller en la menaçant d'une telle façon qu'elle aurait peur de moi pour le reste de sa vie.

C'était drôle combien, en cet instant, je ressentais peu de satisfaction à cette idée.

Les folles vous retournent la tête.

C'était la seule explication que je pouvais trouver pour ce que je ressentais à ce moment-là.

3

Caitlin

Parfois, il était difficile pour moi de distinguer la peur de l'excitation. J'avais un esprit intelligent et rationnel, mais dès qu'il atterrissait sur quelque chose qui m'effrayait, je quittais mon corps. Et la manière dont je le réintégrais, c'était par le sexe et la douleur.

Alors être attachée, fouettée et prise par la bouche par le caïd de la mafia qui s'était pointé pour me tuer ? Ça ne m'avait pas effrayée.

Mais parler de la mort de mon père m'affectait.

Et quand mon tueur à gages emballa mon équipement électronique, me jeta par-dessus son épaule et me porta hors de l'appartement, une vraie peur s'installa.

— Monsieur Tacone ? marmonnai-je en me balançant sur sa large épaule.

J'avais une vue en gros plan sur son postérieur, et il était plutôt impressionnant, je devais l'avouer. C'était vraiment un étalon italien, celui-là.

Qui l'eût cru ?

J'aurais peut-être joué mes cartes différemment si j'avais su que détourner plus de cent mille dollars provoquerait l'arrivée d'un tueur à gages avec un emballage aussi séduisant et dominant.

Il me frappa le postérieur.

— Pas un bruit, petite hackeuse. Veux-tu que je te bâillonne ?

Beurk. Pourquoi est-ce que ça m'excitait ? Il me mettait la cervelle en bouillie quand il disait des choses pareilles. Je devais trouver comment m'échapper au lieu de mouiller chaque fois qu'il disait quelque chose d'autoritaire.

— Non, monsieur, marmonnai-je.

— Gentille fille.

Il n'y avait pas d'ascenseur dans mon bâtiment, mais il n'était même pas essoufflé après m'avoir portée dans l'escalier sur quatre étages, puis dans le parking. Je regardai autour de moi, mais il n'y avait personne pour m'entendre crier. Il avait attendu le milieu de la nuit pour me kidnapper.

J'aurais dû crier dans le bâtiment. Un de mes voisins serait peut-être sorti ou aurait appelé les flics. Pourquoi ne l'avais-je pas fait ?

Parfois, je jurerais que je n'ai aucun bon sens. Pour une fille qui avait obtenu un 1 410 pour ses SAT[1], j'étais plutôt stupide.

Ou j'avais des pulsions suicidaires.

Il y avait un accent de vérité là-dedans. C'était pour ça que j'avais pris les Tacone pour cible à la base. Pour ça, et pour me venger.

Ils méritaient de payer pour ce qu'ils avaient fait.

Le Tacone – je ne savais toujours pas lequel c'était – ouvrit le coffre de sa Porsche et le froid déferla sur moi.

J'allais mourir. J'allais certainement mourir.

J'essayais de me dégager de son épaule, même si je n'aurais pas fait un pas avec les chevilles attachées par un collier de serrage. Il me frappa le postérieur mais il me posa délicatement dans le coffre.

Comme s'il couchait un bébé endormi.

Il baissa les yeux sur moi un instant, son expression impénétrable.

Je tremblais de partout.

— S'il vous plaît, suppliai-je. Je ne veux pas mourir.

Il retira sa veste et la posa sur moi, positionnant soigneusement les bords sur mon corps pour qu'elle ne bouge pas.

Hein.

Peut-être que je n'allais pas mourir. Pas encore. Quel genre de tueur à gages plaçait sa veste autour de sa victime pour s'assurer qu'elle n'avait pas trop froid ?

— S'il vous plaît, monsieur Tacone.

Le coffre se referma et je réprimai un sanglot.

Bon sang ! Sainte Mère de Dieu. C'était grave. Très grave.

Ma respiration se résumait à de petits halètements alors que la voiture démarrait et s'éloignait du trottoir.

J'étais morte, j'étais morte, j'étais morte.

Je ne voulais pas mourir.

Cette prise de conscience me frappait un peu trop tard.

Dommage que j'adopte continuellement un comportement risqué.

— Je ne veux pas mourir ! hurlai-je, comme si cela pourrait convaincre le tueur à gages de me laisser vivre. Monsieur Tacone ! criai-je d'une voix perçante. Laissez-moi sortir de là.

Je criai jusqu'à en avoir la voix enrouée, mais bien sûr, cela ne servit à rien. Je ne pouvais pas atteindre le loquet d'urgence pour ouvrir le coffre, et je ne pouvais pas prendre assez d'élan avec mes chevilles attachées pour déloger les feux.

Finalement, la voiture s'arrêta et le moteur s'éteignit.

C'était là que j'aurais dû crier, mais ma gorge était douloureuse et sèche. Je m'étais épuisée.

Le coffre s'ouvrit et le frère Tacone baissa les yeux vers moi.

— Je ne suis pas fan des cris, dit-il en me clouant d'un regard.

Ce fut ses seuls mots.

Étrangement, ce fut tout ce qu'il eut besoin de dire. C'était comme si nous savions tous les deux que je ne recommencerais pas. Parce qu'il m'avait menacée de me bâillonner plus tôt, et je ne voulais pas qu'il mette cette menace à exécution.

Et aussi parce qu'il était dominant à ce point-là, et que quelque chose en moi aimait se soumettre.

Laissant sa veste enroulée autour de moi, il me hissa de nouveau sur son épaule et me porta dans ce qui semblait être un pavillon de banlieue.

Eh bien, d'accord. Il n'avait probablement pas prévu de me tuer ici.

Ou cela semblait peu probable. Il y aurait trop de sang.

Et de bruit.

S'il m'avait sortie du coffre dans un lieu boisé isolé, j'aurais été sûre qu'il était temps de creuser ma tombe. Mais ça avait l'air d'être sa maison.

Hum.

Il me porta à l'intérieur. Je levai la tête et tentai de regarder autour de moi. C'était un magnifique foyer moderne avec du mobilier luxueux. Il y avait son odeur : le mâle terre à terre et le cuir. Il me porta dans ce qui devait être sa chambre et me déposa sur le lit *king size*. La couette était d'un gris acier satiné.

— Ne bouge pas, dit-il avant de sortir de la chambre.

Oui, c'est ça. Je n'étais pas stupide à ce point. J'examinai rapidement la pièce et mes yeux tombèrent sur un coupe-ongles posé sur la table de chevet.

Bingo !

Je bondis vers lui, rampant des coudes sur le lit comme à l'armée et le saisis. Une incision, et mes chevilles furent libres. Je ne perdis pas de temps avec mes poignets, je sautai du lit, subtilisant le coupe-ongles alors que je filais vers la porte de devant.

J'y étais presque quand quelque chose de fin et de doux s'enroula autour de ma gorge et me tira brusquement en arrière.

Je pris une inspiration désespérée, mes doigts filant vers le tissu autour ma gorge.

Sa cravate.

Il m'étranglait avec sa cravate.

Sauf que non. Il alternait entre me couper l'air et me laisser respirer.

Il savait exactement ce qu'il faisait.

Il avait probablement tué des douzaines de personnes de cette manière pendant qu'il leur arrachait leurs derniers aveux. Est-ce que mon père était mort comme ça ?

— Je croyais t'avoir dit de ne pas bouger.

Sa voix était régulière. Profonde, séductrice, mais je ne pense pas que c'était ce qu'il recherchait.

Le contrôle de la respiration ne m'avait jamais intéressée – cela me semblait trop risqué –, mais je prétendis que c'était du sexe, une scène. Quelque chose qui pouvait s'arrêter rien qu'en prononçant mon mot de sécurité. Et il suffit que je fasse basculer le scénario dans le pays du sexe – comme je l'avais fait chez moi plus tôt – pour que ma peur reflue. La panique intense disparut. Mon corps s'éveilla.

Je laissai ma tête tomber en arrière sur son épaule et utilisai mes mains attachées entre mes cuisses.

Son petit rire était doux. Ses lèvres posées pile contre mon oreille.

— Tu aimes être étouffée tout en te faisant prendre brutalement, Caitlin ?

Oh mon Dieu ! Cet homme reprenait tout ce que je lâchais sans perdre le rythme.

— Peut-être, admis-je.

Mais il n'y avait pas de « peut-être » là-dedans. Je mouillais déjà.

— Avez-vous pratiqué le contrôle de la respiration ? demandai-je.

Et cette tactique fonctionna vraiment, parce qu'il oublia de tirer la cravate autour de mon cou, glissant à la place une main sur mon ventre, puis dans mon pantalon. Quand il passa lentement un doigt sur mon sexe, j'étais étonnamment lubrifiée.

— J'ai étranglé quelques personnes, ouais. Tu veux essayer ?

Ce qui ne m'échappa pas, c'est qu'il me demandait. Cela semblait incongru après tout ce qu'il avait fait, et je pris ça comme un bon signe. Peut-être qu'il était un de ces gars qui n'avaient pas de problème à tuer une femme mais en avait un à la violer.

Cela correspondait assez avec le profil mafieux – en tout cas celui présenté dans les films et à la télévision. Ils étaient peut-être dangereux et opéraient en dehors du cadre de la loi, mais ils avaient un code de conduite. Ils honoraient simplement leurs propres règles.

Peut-être que sa règle était de ne pas abuser des femmes. Ou peut-être que c'était simplement sa fierté. Je doutais un peu qu'il ait besoin de forcer. Pas avec cette apparence, l'argent et le pouvoir qui allaient avec. Des femmes lui lançaient probablement leur petite culotte tous les jours.

Ce qui était précisément ce que j'allais faire.

— Oui, caïd.

Il plongea un de ses doigts en moi.

— Caïd, hein ? Bébé, c'est la direction la plus étrange qu'ait jamais prise un racket pour moi, tu le sais ?

Je m'immobilisai.

— C'est un racket ?

Pas un meurtre. Il aurait dit « contrat » si cela avait été censé être un meurtre, n'est-ce pas ?

Avec sa main toujours dans mon pantalon, il utilisa la cravate autour de mon cou pour me faire pivoter et m'escorter vers la chambre.

— C'est ce que je veux que ça soit. Pour l'instant, c'est moi qui vais te plier en deux sur ce lit pour te prendre durement par-derrière avec cette cravate enroulée étroitement autour de ta gorge. *Capiche ?*

Je gémis. Je ne savais même pas si c'était censé être des obscénités, mais sur moi cela fonctionnait à merveille.

— Je *capiche*, dis-je.

Il renifla moqueusement parce que j'étais sûre que ce n'était pas comme ça qu'on disait. Peu importe. Quand nous rejoignîmes le lit, il poussa le haut de mon corps sur le bord et inséra un deuxième doigt en moi. Je plaçai mes avant-bras sous ma poitrine et balançai mes hanches pour qu'il aille plus profondément. Il me mordit l'épaule alors qu'il retirait ses doigts et je hoquetai. Avec des mouvements rapides et adroits, il me débarrassa de mon pantalon de yoga. J'entendis un emballage se déchirer et je fus instantanément reconnaissante qu'il soit responsable, parce que je n'avais même pas pensé à la protection. Au moins je prenais la pilule.

Et le fait qu'il utilisait un préservatif… est-ce que cela

signifiait qu'il n'allait pas me tuer ? Ou est-ce que c'était simplement pour se protéger de ce que je pourrais avoir ?

Probablement cette dernière raison. Cette pensée doucha ma joie initiale.

La cravate autour de mon cou s'était détendue, mais il la serra de nouveau, la remontant juste sous mon menton. Lorsqu'il tirerait dessus, ça me ferait relever la tête et arquer le dos.

— Oh, c'est joli, poupée. Vraiment joli, bon sang.

Je le sentais soudain. J'imaginais de quoi j'avais l'air pour lui : attachée, étranglée et prête à être pénétrée et c'était assurément sexy.

Il plongea en moi par-derrière. C'était brutal et puissant, exactement ce que j'aimais. Mon corps était prêt pour lui, même si son membre était large. Il s'enfonça profondément, ressortit lentement, puis percuta mes fesses quand il s'enfouit de nouveau à l'intérieur.

J'enserrai sa large verge de mon intimité et il tressaillit, s'enfonçant plus durement.

— Bon sang, c'est bon, *bella*. Tu t'entraînes pour garder cette chatte étroite comme ça ?

— Oui, admis-je.

N'étions-nous pas tous censés faire nos exercices de Kegel ?

Il marmonna quelque chose qui ressemblait à : « *Cazzo*. » Ce devait être un juron italien.

J'adorais la manière dont il me prenait durement, comme si c'était une punition, comme si, pendant des jours, j'étais censée sentir qu'il m'avait pénétrée. Mon postérieur était encore endolori de la flagellation et, chaque fois qu'il s'y enfonçait, son bas-ventre me frappait, renouvelant la sensation, augmentant encore et encore la tension.

Il resserra la cravate en soie autour de mon cou, me

privant d'air. Le manque d'oxygène, ou peut-être la peur et le désespoir qui provenaient de la strangulation, me menèrent droit au bord de l'orgasme, mais il relâcha le tissu avant que je n'y arrive.

Je laissai échapper un gémissement frustré.

Quand il se retira, je fis passer mes cheveux sur mon épaule pour me tourner vers lui et lui lancer un regard noir.

Il me sourit d'un air narquois.

— Tu ne mérites pas que je jouisse dans ta chatte. Tu as été une vilaine fille, expliqua-t-il en frappant mon derrière. Tu vas la prendre dans les fesses.

Je frissonnai. Je donnai peut-être dans la douleur, mais l'anal n'était pas mon truc. C'était trop personnel, trop intime.

— Du lubrifiant ! criai-je sur un ton défensif. Vous pouvez utiliser n'importe quoi… de l'huile d'olive ou de coco. Ce que vous avez. S'il vous plaît.

Il renifla encore moqueusement.

— Je devrais te déchirer l'anus sans lubrifiant, dit-il.

Mais il se leva et ouvrit le tiroir d'une commode, et il en sortit une bouteille de lubrifiant.

Dieu merci.

— Grimpe sur le lit, ordonna-t-il, comme si j'avais l'usage de mes mains.

Je mis les genoux sur le lit et il m'aida à me placer au milieu.

— Fesses en l'air, fauteuse de troubles.

Il me frappa le postérieur pour ponctuer son ordre.

Si je m'étais arrêtée ne serait-ce qu'un instant pour réfléchir à l'étrangeté et à la folie d'avoir transformé mon racket en un festival du BDSM, j'en aurais ri jusqu'à pleurer. Mais j'étais trop prise dans l'instant. Trop excitée, trop abandonnée à mon mode soumise. Le gars aurait probablement pu me faire n'importe quoi et je l'aurais laissé faire.

Et c'était le danger de mes excentricités.

« Comportement à risque », c'était ce que le conseiller d'éducation avait dit à l'assistante sociale au lycée quand j'avais fait une demande d'émancipation.

Peu m'importait. En cet instant, c'était agréable.

Mon potentiel tueur à gages poussa le haut de mon corps sur le matelas et fit couler lentement une bonne quantité de lubrifiant sur la raie de mes fesses.

Encore une fois, Dieu merci.

Avec une joue pressée contre la couette, je regardai l'homme derrière moi déboutonner sa chemise et la retirer. *Eh ben.* Ce que je voyais fit que mon intimité se contracta d'excitation. Il n'était pas ce à quoi je m'attendais. Enfin, oui, c'était une armoire à glace avec de larges épaules musclées et un torse très velu dont les poils ressortaient au-dessus de son débardeur. Mais il n'avait pas de chaîne en or tape-à-l'œil ni de bagues à ses doigts. Son costume était à l'évidence onéreux mais de très bon goût.

Il était chic.

C'était ce qui me surprenait. Ce n'était pas le mafieux loubard des films.

Oubliez ça. J'étais arrivée ici dans le coffre de sa voiture et il était sur le point de me sodomiser pour avoir essayé de m'enfuir. Sauf que ça n'en donnait pas l'impression. On aurait dit deux personnes participant à une absence de consentement consentie. Une scène longue au club BDSM du coin.

— Très bien, petite fille. Tu es prête à te faire sodomiser ?

— Hum…

Attendait-il mon feu vert ? Après m'avoir dit que je méritais qu'il me déchire l'anus ? Il stimula mon intimité, jouant avec mon clitoris jusqu'à ce que mes genoux s'écartent plus largement sur le lit.

— Tu as l'air prête, *bella*.

Il pressa l'extrémité de sa verge contre mon anus.

Même si je savais que le truc était de se détendre, je me raidis.

Il attendit.

Quand l'anneau étroit de muscles se relâcha enfin, il poussa.

Je hoquetai et me contractai de nouveau.

— Mets-toi à plat, petite hackeuse, ça détendra les choses.

Vraiment ? D'accord. Je glissai les genoux en arrière jusqu'à me retrouver sur le ventre. Il écarta largement mes fesses et refit couler du lubrifiant sur mon anus. Puis il reprit la pénétration. Il avait raison. Cette fois, ce n'était pas aussi tendu. Il entra et ça m'étira, mais ce n'était pas horrible. Je respirai, les yeux bien fermés. Quand il fut enfin logé, il attendit.

J'avais oublié la cravate autour de mon cou, mais pas lui. Il la ramassa et tira dessus, fort. Mon dos s'arqua et je m'appuyai sur les coudes pour réduire la pression, mais mon tueur à gages avait commencé à aller et venir. Juste un minuscule mouvement, mais c'était…

Vraiment bon.

Oui, vraiment très bon.

Je commençai à émettre des sons. Des gémissements de gêne et de plaisir mêlés.

Il s'activa un peu plus fort… augmenta la portée de ses pénétrations. Il resserra l'attache autour de mon cou.

— Aïe, s'il vous plaît, geignis-je, mais je ne voulais pas qu'il arrête.

— « S'il vous plaît », quoi, petite hackeuse ? « S'il vous plaît, pénétrez-moi plus fort ? »

Mon intimité était gonflée, dégoulinante. Elle voulait quelque chose à l'intérieur, mais il maltraitait mon postérieur. Je ne m'étais jamais sentie aussi utilisée, aussi punie, aussi soumise de ma vie.

C'était une sensation enivrante. Les endorphines circulaient dans mes veines. J'étais au bord de l'orgasme.

— S'il vous plaît, gémis-je encore.
— « S'il vous plaît » quoi ? Tu as besoin de jouir ?
— Oui !

Il resserra la pression autour de ma gorge en même temps qu'il accéléra ses allers-retours.

J'essayai de supplier encore un peu, mais le son était étouffé à cause de ma difficulté à respirer. Je voulais toucher mon intimité, enfoncer mes doigts dedans, lui donner quelque chose sur quoi se refermer, mais je ne pouvais pas bouger. J'étais maintenue prisonnière par la lanière autour de mon cou et la verge dans mon postérieur.

Un orgasme me traversa violemment. Je me resserrai autour de son sexe, il jura et relâcha la cravate.

Je pris une inspiration alors que je tombai tête la première contre le matelas, droit dans l'orgasme. Il me maintint par la nuque et me prit par-derrière durement et rapidement pendant que je flottais très, très loin.

J'entendis à peine son cri quand il jouit. Je ne sais même pas ce qui s'est passé après ça.

L'instant d'après, il avait placé un nouveau collier de serrage autour de mes chevilles et avait retiré celui de mes poignets assez longtemps pour enlever mon haut et ma brassière. Puis il avait dû remettre un nouveau collier de serrage autour de mes poignets, mais j'avais raté l'instant où c'était arrivé, parce que j'étais soudain dans une baignoire remplie d'eau chaude et il se tenait au-dessus de moi, l'air très sévère alors qu'il se déshabillait.

— Tu bouges de cette baignoire et je fourrerai quelque

chose d'encore plus gros que ma verge dans tes fesses pour que ça y reste jusqu'à ce que tu aies rendu mon argent. *Capiche* ?

Je clignai des yeux. Qu'avait-il dit ? Ça n'avait même pas de sens.

Je ne pouvais pas rendre son argent. L'argent n'était plus là. Est-ce qu'il pensait que je l'avais ?

Il entra dans la douche adjacente et fit couler l'eau.

— Je te surveille.

Ce n'était pas drôle, mais je gloussai. Juste parce qu'il était sexy quand il était sévère, que je venais d'entrer dans l'espace intersidéral et que j'étais encore en train de redescendre.

Je fermai les yeux et m'enfonçai dans l'eau chaude et délicieuse du bain. Je savais que j'avais des problèmes. Énormes et mortels. Mais, pendant ce bref instant, je m'autorisai à oublier. À m'abandonner à l'eau et à la volonté de mon ravisseur.

Et aux retombées de la meilleure scène et du meilleur sexe de ma vie.

Paolo

Caitlin ne bougea pas du bain. Elle ne regarda même pas autour d'elle à la recherche d'une arme, comme elle l'avait fait dans sa salle de bains. Cette fille était dans l'espace.

Elle était assurément fofolle. Bien plus que la normale.

Je ne savais pas pourquoi je la trouvais aussi attirante.

Les folles paumées n'étaient pas mon truc. Enfin, habituellement, j'aurais fui ce guêpier aux premiers signes.

Mais quelque chose chez cette jeune fille m'avait déjà atteint. Je me sentais étrangement protecteur envers elle.

Et sa folie ne me mettait pas mal à l'aise. Elle m'amusait. J'avais émis plus de petits rires ce soir-là que pendant le mois précédent.

Je gardai un œil sur elle à travers le verre embrumé de la porte de la douche. Elle était magnifique avec la tête penchée en arrière, sa large bouche relevée de plaisir.

Je voulais lui donner bien plus.

Dommage que ça ne colle pas vraiment avec les exigences que j'étais sur le point de lui imposer. Ce qui était la raison pour laquelle je reportais ça à plus tard.

Je pourrais imposer les règles le lendemain. Ce soir-là, il était tard et elle était sans doute en train de s'endormir dans cette baignoire après ce que je lui avais fait subir.

J'arrêtai l'eau et attrapai une serviette. Elle n'ouvrit pas les yeux quand je sortis et m'essuyai. Pas avant que je ne tire la bonde de la baignoire et que l'eau ne commence à s'écouler. Même alors, elle ne souleva les paupières qu'à moitié et me regarda.

C'était sexy.

— Ça ne va pas être aussi facile de me sortir de cette baignoire, observa-t-elle et, encore une fois, j'étais tenté de sourire.

— Tu vas rendre ça difficile ?

— Non.

Elle semblait surprise, comme si elle n'avait pas pensé à résister.

— Je ne vois simplement pas comment vous allez faire, expliqua-t-elle.

— Facile.

J'agrippai ses avant-bras et la soulevai assez pour la faire asseoir sur le côté de la baignoire.

— Oh, dit-elle, comme si elle était gênée. Oui, je suppose que c'était facile.

J'enroulai une serviette autour de son corps et la séchai, puis la pris dans mes bras pour la porter jusqu'au lit. Je voulais la garder nue, mais je devais me souvenir qu'elle n'était pas à moi. Elle avait peut-être amorcé toutes les folies que nous avions faites ce soir-là, mais ça ne signifiait pas que je pouvais écarter ses jambes musclées le lendemain matin et y glisser mon érection du matin.

Et je l'aurais certainement fait si elle dormait nue. Je n'aurais probablement même pas attendu le matin.

J'enfilai un boxer et pris pour elle un de mes tee-shirts. Je dus détacher le collier de serrage pour le lui enfiler. La peau de ses poignets commençait à être à vif et contusionnée, ce que je n'aimais pas, mais je ne lui faisais pas assez confiance pour la détacher non plus. J'attrapai ma cravate et l'enroulai autour de ses poignets plusieurs fois, puis utilisai le collier de serrage par-dessus, pour qu'elle ait au moins un peu de matelassage.

— Vous allez faire ça pour mes chevilles aussi ? demanda-t-elle innocemment.

Comme si elle demandait un verre de Coca à un serveur.

Je la poussai sur le dos et lui soulevai les chevilles, saisissant cette occasion de lui frapper le postérieur plusieurs fois.

Elle poussa un cri perçant.

— Ces chevilles-là ?

— Oui, s'il vous plaît.

Je ne pus m'en empêcher. Lui faire un peu mal était tellement satisfaisant, bon sang. Je n'avais eu aucune idée du *stronzo* sadique que je pouvais être avec une femme jusque-là. Je la fessai avec la main, le son de la chair contre la chair et les hoquets qui en résultaient résonnaient bruyamment dans la chambre.

Je donnai quelques coups supplémentaires sur son intimité, qui ressortait de façon séduisante entre ses jambes. Je continuai jusqu'à ce que ses fesses deviennent rouges et chaudes sous ma main. Ce ne fut qu'à ce moment-là que je coupai le collier de serrage et utilisai une de mes chaussettes avant d'en remettre un nouveau pour empêcher la friction.

Ses yeux couleur bleuet étaient restés sur mon visage pendant tout ce temps. L'air vide qu'elle avait affiché dans la salle de bains en avait disparu. J'y voyais sa vive intelligence, désormais.

— Qu'allez-vous faire de moi ? demanda-t-elle.

— Tu vas me dédommager. Et ensuite, je te laisserai peut-être partir. Nous verrons.

Je savais que je ne lui avais pas dit franchement que je la libérerais, mais j'avais eu l'intention de la mettre un peu plus à l'aise par mes paroles. Parce que je savais qu'elle se demandait si j'allais l'éliminer. Mais elle pâlit à ma déclaration, fermant son visage, voûtant ses épaules alors qu'elle se recroquevillait sur le lit.

Je fis glisser la couette sous elle et grimpai sur le lit, puis passai un bras autour de sa taille et attirai son postérieur contre mes cuisses. Au temps pour ne pas me tenter.

Je gardai mon bras fermement autour de sa taille, mon corps moulé contre le sien. Si elle bougeait, je le sentirais. Impossible qu'elle s'échappe pendant la nuit. Je n'avais pas le sommeil profond.

— Tu bouges ne serait-ce qu'un muscle sans permission et la facture sera salée. *Capiche* ?

— Oui, monsieur, murmura-t-elle.

— Hum.

Ce devait être un truc de jeu sexuel, de m'appeler

« monsieur ». Elle était bien trop jeune et détendue dans le reste de son langage pour que je croie qu'elle appelait régulièrement des hommes « monsieur ».

— Oui, monsieur Tacone, se corrigea-t-elle, se souvenant que je l'avais reprise plus tôt.

Je fis rouler son mamelon entre mon pouce et mon index.

— Gentille fille.

Cela sortit dans un grondement satisfait. Et je le sentais sincèrement.

Elle aurait fait un super animal de compagnie. Et j'aurais adoré être son maître.

---

1. NdT : Examen utilisé pour l'admission à l'université aux États-Unis, la note maximale est de 1 600.

4

Caitlin

Je me réveillai dans une odeur de pancakes et mon ventre gargouilla. Je n'avais pas pu manger ce que je considérais comme le dîner des champions la veille – le bol de Golden Grahams que je m'étais préparé avant de trouver un des frères Tacone dans mon appartement.

Je me tortillai, tentant de me redresser. Mes pieds et mes mains étaient engourdis après que la circulation du sang avait été coupée, et tout mon corps me faisait mal pour avoir été forcé de rester dans la même position pendant les douze dernières heures. Je jouais le jeu que je jouais depuis le début, à prétendre que je n'étais pas prisonnière et que tout ça n'était qu'une partie de plaisir pour moi.

— Je sens des pancakes ! lançai-je avec une joie exagérée.

Je fus satisfaite quand M. Tacone apparut dans l'embrasure de la porte, l'amusement jouant sur son visage. Il avait l'air très sexy avec sa chemise ouverte au niveau du col, et son pantalon parfaitement repassé.

— Tu aimes les pancakes, petite hackeuse ?

— J'adore ça, proclamai-je. Et je meurs de faim. Je suis presque prête à ronger mon pied pour me sortir de là. S'il vous plaît ?

Je tendis les mains et lui lançai un regard de chien battu.

Les lèvres de Tacone tressaillirent. Il sortit de sa poche le coupe-ongles que j'avais utilisé la veille et coupa les deux colliers de serrage.

Je hoquetai à la sensation du sang qui revenait dans mes mains et mes pieds.

— Ooh oh ! aïe !

Je laissai retomber mon visage sur la couette et le roulai d'avant en arrière, me tortillant et gémissant.

Après quelques minutes, les terribles fourmis disparurent et je me rassis, pour trouver M. Tacone planté là à me regarder.

— C'est votre faute, vous savez, lui lançai-je, plutôt que de me sentir gênée de mon comportement.

— J'en suis conscient, dit-il légèrement.

Un vrai sadique.

Je l'admets, ça m'excitait.

Il pencha la tête en direction de la porte.

— Viens.

Je me mis debout avec précaution, hoquetant encore un peu, et le suivis dans une cuisine moderne où il y avait des plans de travail étincelants en marbre et de l'électroménager en acier inoxydable.

Une assiette avec une pile de pancakes se trouvait sur le bar à petit déjeuner. Je me laissai immédiatement tomber sur un tabouret, comme si c'était le lendemain d'un rendez-vous.

Étrangement, cela sembla fonctionner. Il m'offrit une tasse de café, puis plaça trois pancakes sur une assiette et la glissa devant moi.

— Oh mon Dieu, dis-je en commençant à manger sans même attendre le beurre et le sirop d'érable qu'il me passait. J'ai tellement faim et ça sent tellement bon !

J'avais la bouche pleine, alors il n'avait peut-être pas compris un mot de ce que j'avais dit.

Je levai les yeux et le trouvai à me regarder, comme toujours.

— C'est un numéro, n'est-ce pas ?

— Quoi ?

— La folie. Ça ne me dérange pas. En fait, je trouve ça mignon. Je n'y crois simplement pas.

Ma fourchette plana et j'oubliai de mâcher. Étrange, on ne m'avait jamais confrontée à ce sujet avant, et ce gars voyait immédiatement clair dans mon jeu.

Je reposai la fourchette.

— J'ai un trouble. Est-ce que ça me rend si dingue que ça ? Difficile à dire. Comment est-ce qu'on fait le tri dans tout ça ?

Je ne savais pas pourquoi je philosophais avec un mafieux qui m'avait kidnappée.

Il leva le menton vers mon assiette.

— *Mangia*.

Il n'allait clairement pas participer à la philosophie.

— Vous avez mangé ?

Il sursauta comme s'il avait oublié de se servir.

— Non.

Il prépara une deuxième assiette mais ne s'assit pas. Il resta debout en face de moi, me fixant alors qu'il beurrait ses pancakes.

Je me remis à manger, espérant qu'il laisserait tomber la conversation précédente.

C'est ce qu'il fit, mais il me surprit encore plus quand il dit :

— Je t'apprécie, Caitlin. Il serait quasi impossible que ce ne soit pas le cas.

Je marquai mon désaccord par un grognement.

— Je connais au moins mille personnes qui ne seraient pas d'accord avec vous.

Il fronça les sourcils, puis secoua la tête.

— Je sais qu'un « mais » va arriver, ajouta Caitlin.

— Oh il y a assurément un « mais », trésor.

J'inspirai brusquement devant son ton bourru. Voilà, nous y étions.

— J'ai apporté ton ordinateur et tout ton matériel. Tu as jusqu'à 17 heures demain pour me rendre l'argent avec les intérêts. Si tu t'en acquittes, je te laisserai partir.

Je me figeai, glacée.

— Je ne peux pas, répondis-je en secouant la tête. Je ne l'ai pas. Je l'ai utilisé pour les frais de scolarité.

— Je sais, poupée. Pour les tiens et ceux de ton frère.

Il lâcha ça comme une bombe. Ma fourchette s'échappa de mes doigts.

Il était au courant pour Trevor. Mince. J'avais espéré que le fait que Trev ait pris le nom de sa famille d'adoption le protégerait contre tout ça. J'avais été prudente et avais acheminé son argent *via* une fausse bourse d'études séparée, en plus.

Seigneur.

Il secoua simplement la tête.

— Tu ne veux pas que je m'explique clairement, poupée. Bon sang, je ne veux pas te l'expliquer clairement. Mais toi et moi savons tous les deux de quoi je suis capable. N'est-ce pas ?

Mon cœur martelait contre mes côtes. Je pouvais à peine respirer. Étrangement, je réussis à hocher la tête.

— Alors mets-toi sur ton ordinateur et trouve-moi mon fric. L'horloge tourne.

J'avais envie de vomir ou de pleurer, ou les deux à la fois.

Ce n'était pas bon. Pas bon du tout.

C'était un jeu complètement différent si la vie de Trevor était en danger. Je ne me souciais pas tant que ça de la mienne. Cette vie ne m'avait pas montré grand-chose qui vaille la peine d'être savouré, jusque-là. Mais si Trevor mourait à cause de moi… eh bien, je ne voulais même pas y penser. Mon esprit tourbillonnait autour du problème.

— Alors de combien sont les intérêts ?

Je ne réussis pas complètement à empêcher ma voix de trembler.

— Normalement, nous facturons quarante-neuf pour cent, calculés quotidiennement. Mais arrondissons ça à deux cent mille.

Je déglutis.

— Deux cent mille en intérêts ou au total ?

J'aperçus cette lueur de sourire. Je me demandai à quoi il ressemblerait avec un vrai sourire. Étrangement, je n'arrivais pas à l'imaginer. Cela lui fissurerait probablement le visage.

— Deux cent mille au total.

Je mis les mains à plat sur la table.

— J'ai besoin de plus de temps, lui dis-je fermement. La fraude que j'avais installée sur le Bellissimo était d'un cinquième de cent sur chaque transaction. L'argent s'est accumulé lentement, jour après jour. Je n'ai pas simplement siphonné deux cent mille dollars d'un coup. Je me serais fait prendre il y a six ans.

Il haussa les épaules.

— Je suis sûr que tu trouveras quelque chose.

— *Plus de temps*, insistai-je.

Je savais que c'était fou de penser qu'il négocierait avec moi, mais, eh bien ! nous avions fait des folies. Et il m'avait préparé des pancakes.

— Désolé, poupée. Trouve-moi l'argent, que tu déposeras sur ton compte off-shore. Je gérerai le transfert et le blanchiment à partir de là.

Mon cœur se serra encore plus, parce que j'avais envisagé l'idée très stupide de le faire tomber pour l'argent que je volerais.

— Et ne pense même pas à te débiner ou à envoyer un message d'au secours ou quoi que ce soit qui m'énerverait, *bella*.

Il leva son téléphone et je vis une vidéo de mon frère sortant de son dortoir, des livres sous le bras.

— J'ai un gars qui le surveille en ce moment.

Mon cœur heurta le sol et je souhaitai soudain ne pas avoir mangé ce pancake. Je repoussai l'assiette avec les deux autres.

Je n'allais pas m'en sortir. On ne pouvait pas voler autant d'argent en un aussi court laps de temps. Pas avec les moyens que j'avais développés, en tout cas. Même si je pouvais infiltrer le système de compte de tous les casinos de Las Vegas – ce pour quoi j'aurais eu besoin de plusieurs mois –, je n'étais pas sûre que je pourrais accumuler les deux cent mille en trente et une heures.

Bon sang.

Donc en gros, j'allais tomber pour ça.

Je supposai que c'était mieux que l'alternative, qui était que Trevor se ferait tuer à cause de ma stupidité.

Je lançai un regard noir à mon tueur à gages.

— Mon ordinateur portable ?

Il arqua un sourcil.

— Ne fais pas la garce, petite fille. Nous devons rester encore ensemble deux jours.

J'émis un reniflement moqueur, mais il avait raison. C'était vrai. Et j'appréciais assurément le côté plus gentil et doux qu'il m'avait montré. Enfin, à certains moments : la veste dans le coffre de la voiture, le bain, les pancakes.

Oh Seigneur, est-ce que j'essayais de mettre une cerise sur un gâteau constitué de mouise ? J'étais plus dingue qu'on le disait.

Il débarrassa mon assiette et leva le menton en direction de la salle à manger. Je tournai la tête et vis tout mon matériel installé – tout ce qui venait de mon appartement, y compris les bloqueurs et les dispositifs de réacheminement complètement illégaux pour empêcher mon identité et ma position d'être découverts.

Je me levai et allai à pas feutrés dans la salle à manger où je pris place et allumai les interrupteurs de mon équipement. J'ouvris le clapet de mon ordinateur et fixai l'écran, qui était aussi vide que mon esprit.

Mince ! À qui allais-je voler l'argent ? Surtout si j'étais sûre de me faire prendre, il me semblait que je devais trouver des motivations. Comme avec les Tacone, qui avaient tué mon père. Je n'avais pas d'autres énormes vendettas personnelles, mais peut-être que je pouvais en inventer une.

Je détestais certainement le Dr Alden, mon conseiller d'études supérieures.

Mais il n'aurait pas deux cent mille dollars de disponible à voler. Peut-être que je pourrais quand même lui faire porter le chapeau.

Mais ce devait être une large corporation. Peut-être qu'il serait mieux que je m'en tienne aux casinos de Las Vegas. Ils abusaient de leurs clients, n'est-ce pas ? Alors, lequel ?

J'affichai une carte du Strip[1] et la fixai, mais mes

pensées tourbillonnaient autour de Trevor. Comment le protéger. Et s'il y avait un moyen de m'en sortir.

Ne trouvant aucun plan pour que nous restions en vie et ne nous trouvions pas pourchassés pour le reste de nos vies, je ravalai ma bile et choisis un large casino au hasard. Le Luxor ferait l'affaire. Je commençai le travail fastidieux pour hacker leurs firewalls.

Trois heures plus tard, j'étais toute raide et fébrile. Je fis craquer mes articulations et secouai les mains. Je frappai mes cuisses anesthésiées de mes poings. J'avais besoin d'un exercice exigeant pour me ramener dans mon corps. J'aurais dû être sur mon vélo en ce moment, pédalant entre les cours que je ratais.

Je regardai mon ravisseur, qui était assis sur le canapé à lire le journal. À jouer les baby-sitters. Je me demandai s'il me laisserait sortir courir ? Me mettrait une laisse comme à un chien…

Maintenant j'étais excitée.

Je me souvenais de toutes les choses qu'il m'avait faites la veille. La merveilleuse flagellation. La manière dont il avait fourré sa verge dans ma bouche. Même le rapport anal. Ils étaient tous en haut de ma liste d'expériences sexuelles. Et ma liste était assez longue à la base. En commençant par celles dont je ne voulais jamais me souvenir.

Je voulais détester mon tueur à gages. Pas pour les choses que nous avions faites, mais pour avoir menacé mon frère. Et c'était le cas.

Surtout parce qu'il était peut-être le gars qui avait tué mon père.

Était-ce un voleur comme toi ?

Ces mots m'avaient frappée un peu trop personnellement. Mon père arnaquait tout le temps quelqu'un. Il avait probablement volé les Tacone, oui. Il avait peut-être mérité ce qu'il avait subi.

Est-ce que je les en haïssais moins pour autant ?

Non. Pas la famille Tacone, dont je ne connaissais pas les visages. Mais l'homme de l'autre côté de la pièce ?

En quelque sorte.

Je t'apprécie, Caitlin. Il serait quasi impossible que ce ne soit pas le cas.

Eh bien, qu'il aille se faire voir. Je ne cherchais pas à me faire apprécier. Je ne l'appréciais certainement pas.

Sauf que c'était un mensonge. J'étais attirée par ce gars comme un super-aimant. Et même si cela avait été traumatisant, c'était aussi en quelque sorte addictif. Je me sentais plus vivante. Éveillée. Présente.

Je lui lançai un coup d'œil. Toujours sérieusement sexy. Il avait cette rudesse dans son énergie et son visage qui ne correspondait pas au costume à mille dollars et à ses chaussures cirées. Pas qu'il ne les portait pas bien… au contraire. Mais je pouvais tout aussi facilement l'imaginer dans un costume bon marché avec des chaînes en or et une paire de poings américains autour des doigts.

Et rien de tout ça ne faisait quoi que ce soit pour diminuer mon attirance pour lui.

Ce qui était dingue.

Je ne savais même pas quel Tacone c'était. J'aurais au moins dû savoir ça.

J'agitai de nouveau les doigts et affichai un nouvel écran. Ce serait bien plus amusant de hacker la base de données de la police de Chicago.

∼

Paolo

. . .

La petite hackeuse y avait passé toute la matinée, ses doigts volant sur les touches, les lunettes remontées sur le nez.

Elle était franchement mignonne. Je regrettais encore de l'avoir menacée. J'aimais mieux comment ça se passait avant qu'elle ne pâlisse et ne s'énerve. Avant que je n'entraîne son frère là-dedans.

Mais ce devait être fait. Je ne pouvais pas la laisser s'en sortir après nous avoir volés parce qu'elle me faisait sourire et faisait de bonnes fellations.

Malgré tout, je voulais déjà me faire pardonner. Une fois qu'elle m'aurait remboursé, je veux dire.

Trouver s'il y avait un service que je pourrais lui rendre. Parce qu'elle n'avait certainement pas eu besoin de m'offrir son joli petit corps à la seconde où elle m'avait vu assis dans son appartement.

Bon sang, est-ce qu'elle faisait ça souvent ?

À cette pensée, un malaise me traversa. Pas de la jalousie, même si j'en ressentais bien, étrangement. Mais je m'inquiétais soudain pour son bien-être. Si elle s'abandonnait à n'importe quel gars qui se pointait en voulant quelque chose de sa part, elle risquait d'être blessée... sérieusement.

Bon sang, elle avait déjà été sérieusement blessée.

C'était évident. Cette fille n'était pas née aussi tordue. Quelque chose – ou plus probablement quelqu'*un* – l'avait rendue comme ça. Et j'avais soudain envie de réduire cette ordure en bouillie.

Personne ne posait une main sur cette fille sans qu'elle le veuille.

Le problème, c'était qu'elle le voulait peut-être tout le temps.

Je me renfonçai sur mon siège et me délectai de la regarder. Elle ne portait encore que mon tee-shirt, assise là où je l'avais mise, travaillant. Ses longues jambes pâles étaient repliées sous la chaise, un pied tapotant contre l'autre. Ses doigts avaient ralenti leur frappe frénétique. Je regardai l'écran.

C'était quoi ce bazar ?

Une photo anthropométrique de moi était affichée. Carrément ma photo anthropométrique. Je m'étais fait arrêter une fois pour coups et blessures après que j'avais tabassé un dealer de drogues qui avait emménagé dans le quartier, il y avait une vingtaine d'années. Bien sûr, aucune plainte n'avait été déposée et les flics avaient dû me laisser partir.

Je me levai et m'avançai derrière Caitlin pour regarder de plus près. Elle lisait mon casier. Quelques délits. Rien n'avait jamais tenu.

J'empoignai ses cheveux et lui tirai la tête en arrière tout en me penchant, plaçant ma tête près de la sienne.

— Qu'est-ce que tu fiches, gamine ?

— Je découvre quel frère vous êtes. Vous ne vouliez pas me le dire.

Elle avança cela tellement innocemment. Comme si c'était parfaitement normal de hacker les dossiers de la police de Chicago et de récupérer les casiers des gens pour trouver leurs prénoms. Je suppose que cela aurait été plus facile pour elle si j'avais été sur Facebook.

Je n'étais pas du genre à rire. Je ne souriais quasiment pas. Mais quelque part au fond de moi, je riais.

Cette fille était tellement cinglée !

— Alors c'est Paolo, n'est-ce pas ?

Elle essaya de tourner la tête, mais ma main dans ses cheveux empêcha le mouvement.

— Ou est-ce que vous vous faites appeler Pauly ?

Je ne pus retenir un reniflement moqueur.

— C'est toujours « monsieur Tacone » pour toi,

poupée. Et tout de suite, je préférerais entendre « Je suis désolée, monsieur Tacone », parce que tu n'es pas sur ta tâche, petite hackeuse. Je devrais te fouetter le derrière encore une fois pour ça.

Je n'étais pas sérieux. Je ne ressentais pas une once de colère ou de violence envers elle. J'étais le genre de gars habitué à proférer des menaces pour faire passer son message. Mais elle glissa le regard sur le côté pour voir mon visage et, avec l'expression la plus coquine possible, elle dit :

— S'il vous plaît ?

Pendant un instant, je m'immobilisai, m'assurant que j'interprétais ça correctement.

Puis je laissai échapper un soupir amusé. Juste un soupir, mais il sortit vraiment.

Je la mis sur ses pieds et la fis se plier en deux sur la table de la salle à manger si vite qu'elle hoqueta. J'avais déjà une érection quand je lui clouai les poignets derrière le dos et les lui maintins d'une main. De l'autre, je tirai sur ma ceinture, la faisant glisser des passants.

Elle laissa échapper un petit son tremblant.

J'étais presque sûr que c'était de l'excitation.

Je ne me retins pas. La veille, je m'étais refréné et elle m'avait dit qu'elle aurait pu en encaisser davantage. Cette fois, je remontai le bord de son tee-shirt, dévoilant ses fesses, et laissai voler ma ceinture.

Elle poussa un cri perçant et leva un pied du sol.

Je la fouettai encore.

Cette fois, elle était prête. Elle resta parfaitement immobile. Je la laissai encaisser, fouettant son postérieur à coups rapides et puissants qui la faisaient se dandiner et hoqueter. Des marques apparurent sur ses fesses pâles. Je continuai. Tout son postérieur devint d'un rouge rosé.

Quand cela eut l'air suffisamment douloureux, je m'arrêtai.

— Encore.

Elle avait une petite voix, comme si elle l'avait dit sans vraiment le vouloir.

J'hésitai. Je ne voulais pas vraiment lui en donner plus. Si je continuai, le joli rougissement deviendrait violet et enflammé, puis cela cesserait d'être sexy et ma conscience aurait du mal à encaisser ce que j'avais fait.

À la place, je laissai tomber la ceinture et la frappai de ma paume.

J'aurais juré qu'elle poussait un soupir béat et le haut de son corps se détendit sur la table. Elle leva un peu plus son postérieur en arrière.

La fesser avec ma main était agréable. J'aimais bien la sensation de sa peau douce sous ma paume, sa chaleur et sa souplesse, la légère piqûre que je recevais en retour. Mais encore plus que ça, j'appréciais tout cet acte de domination.

C'était ce que je faisais naturellement… celui que j'étais. J'étais le fils de mon père, aucun doute là-dessus. J'étais le gars aux commandes. Toujours. Avec les femmes, je me retenais beaucoup, mais elles le voyaient quand même. Cela les faisait fuir. Mais pas celle-ci. Mon agressivité la faisait ronronner, l'excitait.

Elle écarta les jambes et m'offrit une vue complète sur son intimité luisante, humide et gonflée.

Ma verge dure et épaisse formait un renflement dans mon pantalon. Je mourais d'envie de la pilonner, surtout quand elle me montrait ce joli sexe et que je la voyais prête.

J'arrêtai la fessée et la fis se relever, puis la forçai à se mettre à genoux sur le tapis.

Elle se tourna vers mon entrejambe et tendit la main vers le bouton de mon pantalon.

— Gentille fille, la complimentai-je.

Parce qu'elle l'était vraiment. Une très bonne vilaine fille.

— Mais ça n'est pas ce que j'avais à l'esprit, continuai-je.

Je tombai à genoux aussi et lui retirai mon tee-shirt, la laissant superbement nue. Elle était tellement magnifique, j'aurais pu contempler son corps pendant des heures. Il n'était pas parfait. Elle avait un sein plus large que l'autre et un petit ventre, même si tout le reste de son abdomen était musclé. Et j'adorais tout ça. Tout ce qui la rendait unique, imparfaite et réelle.

— Retourne-toi, poupée.

Elle comprit. Elle se détourna rapidement de moi, à quatre pattes.

J'agrippai sa taille.

— Pose ces nichons sur le sol.

Habituellement, je ne manquais pas autant de respect aux femmes. Elle faisait ressortir ça chez moi, supposai-je. Elle m'avait montré son excentricité et je lui montrai mon côté *stronzo*.

Une combinaison parfaitement infernale, à coup sûr.

Je libérai mon érection déchaînée et enfilai un préservatif. Étrangement, je me contrôlais assez pour prendre mentalement une photo de ce qui se trouvait devant moi. Sa position soumise et son postérieur rougi par la fessée me faisaient quelque chose, me retournaient comme une chaussette, me mettaient la tête à l'envers, me donnaient l'impression d'être un roi.

Cette femme était... je ne sais pas, une licorne. Une créature mythique que personne ne croyait réelle.

Sauf qu'il y avait des hommes qui savaient qu'elle existait, des hommes qui étaient passés avant moi, et j'étais sûr qu'ils n'avaient pas apprécié ce qu'elle était, bon sang. Sinon, ils ne l'auraient jamais laissée partir.

Et ça m'énervait.

Je secouai la tête.

Cristo.

À quand remontait la dernière fois où j'avais autant pensé à une femme ?

Jamais.

Cette magnifique catastrophe me détruisait.

Je frappai son postérieur encore quelques fois avant de diriger le gland de ma verge vers son orifice et d'entrer en contact avec. Elle s'ouvrit à moi et je glissai à l'intérieur. La position était parfaite. J'étais enfoui jusqu'à la garde, baissant les yeux sur l'inclinaison de son dos mince, puis vers son visage pressé contre le tapis. Elle avait les yeux fermés, les lèvres entrouvertes. Elle était déjà en extase.

Une licorne.

Je la possédai lentement au début, savourant chaque douce pénétration de ma verge en elle, la manière dont ses muscles internes se contractaient et se détendaient comme si elle me taquinait, comme si elle se souvenait que j'aimais ça.

— C'est ça, *bella*. Serre cette chatte étroite autour de ma queue. Fais-moi sentir que je suis un homme, un vrai.

Elle serra plus fort. Je grognai. *Bruyamment.*

— Gentille fille. C'est tellement bon.

Je perdais déjà mon calme. Voilà à quel point sa chatte était incroyable. Mon agressivité grandit. J'agrippai ses hanches et me retirai presque complètement, puis m'enfonçai avec une force qui lui arracha une exclamation. Je recommençai. Puis j'accélérai.

Elle commença à gémir et à miauler, ses cris à la fois quémandeurs et encourageants. Je restai immobile et utilisai mes mains sur ses hanches pour la déplacer, la ramenant sur ma verge et l'en éloignant. Sa crinière brune ondulait sur le tapis sous le mouvement. Elle haletait, écartant plus largement les genoux, me prenant très profondément. Mes bourses se tendirent.

— C'est ça, poupée. Prends-la, grondai-je.

Je ne voulais pas jouir, mais c'était trop pressant désormais. C'était tellement bon, bon sang. J'allais et venais, ramenant son corps à la rencontre du mien.

— Oh mon Dieu ! cria-t-elle.

— C'est ça, la narguai-je, comme si j'étais ce Dieu et pas simplement un bâtard qui tirait avantage de la plus douce offrande qu'il ait jamais reçue.

Je jouis.

Pas elle.

Bon sang.

Je fis le tour avec ma main et trouvai le piercing sur son clitoris pour le triturer, mais elle ne décollait toujours pas. Sentant l'urgence de la faire jouir, je me retirai à la seconde où j'arrêtai d'éjaculer et ramenai son postérieur sur mes cuisses. Je lui écartai les jambes sur mes genoux et commençai à frapper sa chatte.

Encore et encore, je frappai, donnant des coups rapides et cinglants pile sur son clitoris jusqu'à ce qu'elle hurle et lance ses seins asymétriques en l'air en plaquant ma main sur son pubis. J'enfonçai deux doigts en elle pour sentir la contraction de son vagin pendant que j'agrippai complètement son sexe.

Comme s'il m'appartenait.

Comme si je n'allais jamais le lâcher.

Même quand son orgasme s'acheva, je ne la lâchai toujours pas.

Pas avant que son souffle ne se fasse tremblant et entrecoupé. Pas avant que je ne me rende compte qu'elle pleurait.

— Ah bon sang, poupée, murmurai-je en relâchant son intimité et en l'attirant plus étroitement sur mes cuisses. Est-ce que ça va ? Je t'ai fait mal ?

— Non.

À ma grande surprise, elle ne recula pas, mais au lieu de ça, elle plaça son visage contre mon cou, mouillant ma peau de ses larmes. Je la soulevai et la portai vers le canapé, où je pris place avec elle sur mes cuisses.

Je glissai la paume sur sa jambe et me rendis compte qu'elle avait d'intenses brûlures dues à la friction sur les genoux. Je dessinai des cercles autour de chacun avec l'index.

— Je suis désolé, murmurai-je.

Je n'étais pas du genre à m'excuser. Jamais. J'étais l'enfoiré qui préférerait se couper un doigt que de s'excuser, mais c'est bien ce que je dis. Et j'étais sérieux.

Je ne voulais en aucun cas la blesser d'une manière qu'elle n'aimait pas.

C'était la douce vérité, je le jurai devant *la Madonna*.

J'agrippai l'arrière de sa tête et l'éloignai de mon cou pour voir son visage.

Oh bon sang.

Je passai le pouce sur le bout de peau rouge vif sur sa joue.

— J'ai une brûlure ?

— Oui, poupée.

De nouvelles larmes montèrent.

Je ne flippai pas. Elle avait dit qu'elle n'était pas blessée. Elle ne reculait pas. C'était une fille excentrique. Elle riait quand elle aurait dû fuir. Elle s'abandonnait quand elle aurait dû se battre. Peut-être qu'elle pleurait quand elle se sentait bien. Qu'est-ce que j'en savais ?

J'attrapai un plaid sur le dossier du canapé. Il était rouge, doux et en polaire. Je ne l'utilisai jamais, mais la décoratrice l'avait acheté quand elle avait meublé la maison. Je l'enroulai autour d'elle et me penchai en arrière pour la serrer dans mes bras.

— Est-ce que je t'ai détruite, ou est-ce que cela fait partie de la Wylde West ?

Elle laissa échapper un rire humide.

— C'est juste le relâchement. Peut-être le début du *subdrop*, je ne sais pas.

— Qu'est-ce que c'est ?

— C'est la retombée d'endorphines après une poussée d'adrénaline. Cela peut arriver après une scène particulièrement importante.

Une scène. C'était une nouvelle manière d'envisager le sexe. Je suivis du doigt le contour de son visage, restant loin de la brûlure. J'enfonçai mes doigts dans ses cheveux derrière sa tête et attirai son visage vers le mien.

Ses yeux s'écarquillèrent de surprise. De ce que je lui avais fait, c'était ce baiser qui la surprenait le plus. Je fus doux en goûtant ses lèvres, glissant les miennes dessus. Elle resta immobile au début, quand bien même j'aurais pu jurer sentir son cœur battre la chamade. Comme si c'était cet acte d'intimité qui faisait monter le plus son adrénaline.

Douce petite licorne.

J'accentuai le baiser.

Elle prit une inspiration tremblante, puis passa les bras autour de mon cou et me rendit mon baiser. Un baiser complet : langue, lèvres, mamelons durcis se tournant vers mon torse.

Je descendis une main pour prendre un de ses seins dans la paume, passant le pouce sur le mamelon tendu. Quand nous brisâmes l'étreinte, je dis :

— Seigneur, tu es douce.

— Douce mais cinglée, dit-elle, comme si c'était son hymne.

Elle se releva.

— Mais ça ne semble pas vous déranger, ajouta-t-elle.

Elle prit son postérieur rougi et balança ses cheveux en arrière alors qu'elle sortait en se déhanchant de la salle de séjour, et entrait dans ma chambre. J'entendis la porte de la salle de bains se fermer.

Je devais garder un œil plus attentif sur elle.

La suivre là-dedans pour m'assurer qu'elle ne s'armait pas.

Sauf que j'étais certain qu'elle ne gagnerait jamais un combat contre moi. *Peut-être* à l'aide d'un flingue, mais ça restait un grand peut-être. J'avais beaucoup de pratique pour désarmer les héros en herbe. Alors je la laissai tranquille.

Elle méritait un peu d'intimité et une pause après la manière dont je venais de la prendre.

Et je n'avais pas la force de me comporter encore plus en enfoiré avec elle que je ne l'avais déjà fait.

Caitlin

Waouh. Juste waouh. C'était tout.

Je me sentais incroyablement bien. Le *subdrop* avait disparu. Peut-être que ce n'était pas le *subdrop* – peut-être que c'était simplement un de ces orgasmes qui vous fait pleurer – était-ce la même chose ? Je ne savais pas.

Tout ce que je savais c'était que je me sentais super bien.

Affamée, mais super bien.

Chaque cellule de mon corps était vivante et me picotait. Mon corps était repu, mais je me sentais toujours remarquablement sexy. Magnifique, même.

Je clignai des yeux devant le miroir. La brûlure sur ma joue allait se transformer en une framboise bien mûre. C'était dommage. Mais pas grave. Ça ne me dérangeait pas d'arborer des preuves de mes exploits sexuels. Si seulement on confectionnait des écussons d'éclaireuse pour ça – je serais à fond pour les rassembler.

Je pris mes seins entre mes mains et regardai mon reflet. Ma peau était rougie, mes yeux étaient brillants.

J'avais l'air... heureuse.

Bon sang, je me sentais heureuse.

Ce que je savais inapproprié. J'avais des problèmes qui ne pouvaient pas être réglés par une bonne partie de jambes en l'air.

J'allais aller en prison.

C'était soit ça, soit mon frère serait blessé par l'homme que j'avais pris comme amant.

Sauf que je trouvais difficile de croire qu'il me ferait du mal. Ou à mon frère. Oh, j'étais sûre qu'il en était capable. J'étais sûre qu'il faisait ce genre de choses régulièrement. Mais il venait de me laisser pleurer dans son cou sans ciller, sans devenir bizarre et me repousser, sans me juger.

Et maintenant que j'y pensais, il se pourrait que ce soit la source de ma bonne humeur présente.

C'était comme si j'avais été *comprise* – folie et tout – pour la première fois de ma vie. Des dominants avaient déjà pris soin de moi durant le *subdrop*, mais ils gardaient quand même leurs distances. Ou ils étaient trop tendres.

Paolo l'avait simplement accepté, n'en avait pas fait une affaire.

Puis il m'avait embrassée.

Je cherchai une brosse, mais tout ce que Paolo avait,

c'était un peigne que je ne réussirai jamais à faire passer dans la pagaille de nœuds qu'étaient maintenant mes cheveux.

La porte s'ouvrit. Comme si Paolo avait lu dans mes pensées, il déposa ma sacoche géante sur le plan de travail.

— J'ai pris ta brosse à dents et le reste chez toi, dit-il. Tout est là.

Je penchai la tête sur le côté.

— Parce que tout ça n'est qu'une grande soirée pyjama ?

Ses lèvres tressaillirent. Je voulais sérieusement trouver comment le faire sourire. Il attrapa mes poignets et m'attira contre son corps musclé. Je pris une brusque inspiration. Mes genoux faiblirent.

— Tu sais ce que tu as à faire, petite hackeuse. Trouve-moi mon argent. Puis je te ramènerai chez toi. Tout simplement.

Mon cœur martelait dans ma poitrine.

— Tout simplement, répétai-je dans un murmure.

— Je te laisserai même monter à l'avant au lieu de te mettre dans le coffre. Ça n'a pas besoin d'être pénible.

— Je pourrai conduire ?

— Aucune chance.

— Je plaisante. Je ne sais pas conduire, de toute façon.

C'était un des avantages d'atteindre l'âge de conduire sans avoir de parent. Je clignai des yeux à son adresse.

— J'ai besoin de *plus de temps*, Paolo, suppliai-je. Laissez-moi vous rembourser progressivement. Ajoutez des intérêts. S'il vous plaît ?

Il secoua la tête.

— Désolé, poupée. Demain après-midi, c'est ta date limite. Tu n'es pas venue me voir pour un emprunt. Tu m'as volé. La seule raison pour laquelle je ne te fais pas de mal, c'est parce que tu es tellement adorable, nom d'un chien.

Je ne savais pas pourquoi cela me faisait rougir.

Ma réaction était ridicule. Qui se souciait qu'il pense que j'étais adorable ? Ma vie était en gros terminée maintenant.

Et c'était sa faute.

Sauf que je savais que ce n'était pas exactement vrai. C'était ma propre faute. Et c'était probablement la faute de mon père s'il s'était fait tuer aussi. Je supposai que c'était de famille. Dieu merci, Trevor semblait être passé à côté du gène de la stupidité.

Mon estomac gargouilla.

— Tu as faim ? Qu'est-ce que tu veux pour le déjeuner ?

Eh bien, s'il me le demandait…

— Êtes-vous trop italien pour de la pizza à emporter ?

Il sourit. Un vrai sourire sincère. Éphémère, mais je l'avais vu.

— Va pour une pizza. Qu'est-ce que tu voudrais dessus ?

— De la saucisse et du piment jalapeño.

Je levai le menton d'un air de défi pour ma demande étrange et le sourire réapparut pendant un éclair.

— Il se pourrait que je sois trop italien pour ça… Non, je peux gérer. Saucisse et piment jalapeño alors. Je n'aurai pas besoin de t'attacher et de te scotcher la bouche quand le livreur arrivera, n'est-ce pas ?

Je haussai les épaules, feignant d'avoir l'air intéressé.

— Eh bien, je n'ai jamais eu deux dominants à la fois, mais ça m'intéresse vraiment d'essayer.

De tout ce que j'avais fait pour le choquer – et ouais, je pouvais l'admettre, j'utilisais la folie pour faire de l'effet –, voilà celle à laquelle il répondit. Ses sourcils se froncèrent et il enroula une paume massive autour de ma gorge. Il ne l'utilisa pas pour serrer, mais il me maintint en place. Son front se baissa contre le mien.

— Je ne partage pas, poupée. Souviens-t'en.

Un frisson me parcourut et mon intimité se contracta.

— C'est noté.

Il lâcha ma gorge et passa son pouce sur mon bras hérissé de chair de poule.

— J'ai lavé tes vêtements. Ils sont sur le lit.

Il avait lavé mes vêtements. Est-ce que ça venait de moi ou est-ce que ce tueur à gages semblait être un redoutable homme d'intérieur ? Préparer des pancakes ? Laver le linge ? J'avais du mal à assimiler tout ça.

Et ce pouvait bien être l'euphémisme de l'année.

Je cherchai dans mon sac et trouvai ma brosse à dents, ma brosse à cheveux et ma trousse à maquillage. Est-ce qu'il avait pensé que je voudrais me maquiller pour lui pendant qu'il me maintenait prisonnière et menaçait la vie de mon frère ?

Clairement.

Et je pensai que j'allais le faire. J'entrai dans la douche bien que j'aie pris un bain la veille. Je voulais me laver les cheveux et me mettre de l'après-shampooing, puis rincer la poussière du tapis.

Pas que son tapis n'était pas parfaitement neuf, moelleux et propre. Il l'avait été. L'était. Peu importait.

J'ouvris le jet d'eau, profitant du retour de la douleur quand l'eau chaude heurta mon postérieur fouetté et les brûlures dues à la friction.

Aaaah, oui. Les sensations qui m'ancraient.

Paolo

. . .

Caitlin resta dans la salle de bains pendant quarante-cinq minutes. Elle y serait peut-être restée toute la journée, mais je l'appelai quand la pizza arriva.

Elle en sortit, l'air adorable avec ses vêtements de sport, les cheveux mouillés, les lèvres brillant d'un gloss rose bonbon.

— Comment est-elle ? Vous avez goûté ?

Elle attacha ses cheveux alors qu'elle avançait vers moi. Sa grande bouche était étirée en un sourire. J'étais presque sûr qu'elle le faisait exprès – d'agir comme si nous étions de vieux amis – pour gérer ses peurs. Ou pour me gérer. J'hésitais entre les deux.

Quoi qu'il en soit, ça ne me dérangeait pas. J'appréciais, en fait.

Je trouvais qu'elle était la mignonnerie incarnée.

Elle s'approcha et prit dans la boîte une part de pizza des deux mains et mordit dedans. Je lui offris une assiette mais elle ne s'interrompit pas. Elle mangea toute la part en se tenant debout dans ma cuisine, sans reprendre sa respiration.

Eh bien, c'était ce que les étudiants à l'université faisaient.

Elle prit une seconde part dans la boîte et la lança sur l'assiette, puis retourna à son ordinateur.

— Vous voulez que j'efface votre casier ? demanda-t-elle, la bouche pleine.

J'hésitai. Avoir une hackeuse à ma disposition était très attrayant. Qu'est-ce que nous pourrions hacker d'autre ? Le FBI ? J'aurais adoré voir ce qu'ils avaient rassemblé sur la Famille au cours des années.

Mais je secouai la tête. Le risque n'en valait pas la peine. C'était ce que Nico essayait de nous dire depuis cinq ans. Nous pouvions faire les choses légalement, désormais. Nous avions de l'argent.

— Non, petite hackeuse. Travaille pour trouver l'argent.

— C'est ce que je fais.

Le ton légèrement défensif de sa voix m'amusait. C'était plus grognon qu'impoli. Comme si elle admettait complètement que j'étais le chef. Et ça me faisait bander.

Elle tapa sur le clavier, puis ajusta ses lunettes sur son nez et se pencha en avant, comme quelque chose sur son écran appelait son attention.

Ses doigts volèrent de nouveau sur le clavier et elle resta devant son ordinateur pendant plusieurs heures. Qui eût cru que hacker était aussi long ? Peut-être qu'elle ne pouvait vraiment pas réussir en deux jours. Ou peut-être qu'elle essayait simplement de gagner du temps. Difficile à dire. Je supposai que je le saurais bien assez tôt.

J'allumai la télévision et zappai entre les chaînes, marquant une pause sur un film d'action avec Bruce Willis.

— Oh mon Dieu, c'est *RED*. J'adore ce film !

Caitlin se mit debout, débrancha son ordinateur et l'apporta sur le canapé, s'installant à côté de moi. *Juste* à côté de moi, comme s'il s'agissait de ma petite amie et que nous allions nous pelotonner l'un contre l'autre. Je savais qu'elles étaient conscientes, ses excentricités. Quand je lui avais demandé si sa folie était du cinéma, j'avais lu la réponse sur son visage. Ça l'était assurément. Une sorte de mécanisme de défense.

Donc, comme avec presque tout ce qu'elle m'avait balancé, je n'hésitai pas et passai un bras sur ses épaules pour l'attirer encore plus près alors que nous partagions notre attention entre son écran d'ordinateur et la télévision.

Ce n'était pas surprenant mais elle était douée pour

faire plusieurs choses à la fois, travaillant régulièrement sur son ordinateur tout en regardant le film.

Elle bossa pendant toute la durée du film et durant la moitié du suivant avant de pousser un soupir et de repousser ses lunettes sur son nez.

— Je suis entrée. Vous voulez que l'argent aille sur mon compte ?

— C'est ça, dis-je.

Vlad, mon beau-frère de la *bratva*, savait comment déplacer l'argent pour le rendre intraçable. C'était lui que nous avions appelé pour pouvoir remonter jusqu'au compte off-shore de Caitlin, puis finalement jusqu'aux paiements effectués à Northwestern et à une bourse d'études factice.

Elle hocha la tête, professionnelle. Elle travailla encore quarante-cinq minutes puis tomba en arrière.

— C'est fait ?

— Oui. Enfin, non, pas encore. C'est installé. J'ai détourné toutes leurs transactions pour la journée et demie à venir vers mon compte, expliqua-t-elle en levant ses yeux couleur bleuet vers mon visage. Avec un peu de chance, ça suffira.

Mon cœur commença à battre plus vite, presque comme s'il était en phase avec le sien. Elle avait le souffle coupé, était apeurée.

Je ne pouvais pas lui dire que je prendrais moins que ce qu'elle me devait, mais cela devenait de plus en plus dur de maintenir la pression.

Après la manière dont elle continuait à m'offrir son petit corps sexy, j'avais presque l'impression que je lui devais quelque chose. Je me retrouvai en train de chercher comment je pouvais lui rendre quelque chose, quelque chose en dehors d'une pizza et d'un orgasme.

Mais je n'allais pas laisser une femme m'adoucir. Elle avait volé ma famille, elle devait payer le prix.

Comme je ne répondais pas, elle détourna les yeux, puis se leva.

— Je dois faire de l'exercice, déclara-t-elle, comme si elle était en vacances et qu'elle avait le droit de suivre son propre programme.

Je ne savais pas pourquoi je trouvai ça tellement attirant.

— Tu peux faire de l'exercice dans ma salle de sport, lui dis-je. Tu veux soulever des poids ?

Elle me lança un regard méfiant.

— Hum, d'accord. Parfait.

Je me levai et la menai vers la salle de sport à l'arrière de la maison. Le soleil hivernal entrait à flots par les fenêtres. J'étais sur le point d'aller fermer les stores, mais elle s'exclama :

— Oh, laissez-les ouverts. J'adore le soleil.

— Évidemment, marmonnai-je.

Parce qu'elle était aussi brillante que cette boule de feu. Le genre de soleil bien trop flamboyant pour le regarder, le genre brûlant.

J'étais déjà certain qu'elle était en train de me marquer de son empreinte.

Je ne savais pas si je voulais la laisser partir.

Caitlin

Soulever des poids n'était pas mon idée de l'exercice. J'avais besoin de cardio… j'aimais bouger en rythme, faire monter mes battements de cœur avec la musique.

Mais faute de grives, on mange des merles.

Le problème était que je ne savais pas vraiment quoi faire avec cet équipement. Je me penchai et essayai de soulever un haltère.

— Attends, poupée…

Je faillis me casser le dos en la soulevant. Elle quitta le sol d'un centimètre et retomba avec fracas.

— D'accord. C'est trop lourd.

Je pivotai pour évaluer les larges épaules de Paolo d'un regard neuf. Pas étonnant qu'il soit si fort. Il était là à soulever des poids aussi lourds qu'un camion de chez Mack Trucks.

Ses lèvres s'incurvèrent. Ce n'était pas tout à fait un sourire, mais presque. Il s'approcha nonchalamment et retira les poids aux extrémités de la barre, ne laissant que les deux embouts.

— Essaie comme ça, dit-il.

— Ce n'est qu'une barre.

Oh. Mais elle était très lourde. Je changeai ma prise et fis dix flexions à deux mains avec, puis grognai alors que je la reposai.

— Je ne pense pas que ça va marcher, Paolo.

Ses lèvres tressaillirent de nouveau.

— C'est monsieur Tacone, pour toi.

Je m'appuyai sur une hanche et enroulai mes cheveux autour d'un doigt.

— Je sais.

L'élément de danger était toujours là avec ce gars, ce qui était peut-être la raison pour laquelle j'appréciais à ce point de le taquiner – ça revenait à flirter pour moi. Un frisson me courait droit jusqu'à la plante des pieds chaque fois que j'osais. Et bien sûr, j'osais chaque fois.

Mais son regard sur moi était tout sauf dangereux en

cet instant. Bien sûr, il y avait des traces de désir, mais ses yeux étaient en fait chaleureux, indulgents.

Il m'appréciait.

Pour la première fois depuis des années, peut-être depuis toujours, je commençais à me sentir moins brisée, plus spéciale. C'était une étrange expérience pour quelqu'un qui avait été considérée fofolle pendant si longtemps. Pendant tout ce temps, j'avais en quelque sorte pensé que j'essayais de cacher ma folie au monde.

Il avait fait en sorte que je me rende compte que c'était peut-être l'inverse. J'essayais de cacher ma lucidité. Parce qu'être saine d'esprit dans ce monde était extrêmement douloureux.

Il aurait fallu que j'admette toute la mouise qui m'était arrivée après la mort de mon père, et je ne voulais pas faire ça.

Il leva le menton vers le tapis de course.

— Tu pourrais courir là-dessus.

— Oh, dis-je joyeusement. D'accord.

Je n'avais en fait jamais utilisé de tapis de course, mais ce devait être assez simple. Je montai dessus et appuyai sur les boutons.

Paolo s'approcha et monta dessus derrière moi.

— Attends, Flash Gordon.

Je sentais sa chaleur dans mon dos, m'entourant lorsqu'il tendit les bras pour ajuster les réglages. Je poussai mon postérieur contre lui, et sans rien d'autre qu'un pantalon de yoga sur moi, sa chaleur me gagna. J'aimais bien la sensation de l'avoir près de moi.

D'être en sécurité.

Bien sûr, l'opposé était vrai aussi.

Ce qui rendait tout ça d'autant plus excitant.

Et maintenant, je recommençais à croire que j'étais sincèrement barjo.

Paolo descendit du tapis de course et le mit en marche.

— Ça te va, cette vitesse ?

Je commençai à marcher d'un pas vif.

— Parfait.

Je souriais déjà.

Il croisa les bras sur son torse.

— Est-ce que vous allez simplement rester là à me regarder ?

— Oui. Je pense que oui.

Mon sourire s'agrandit.

— Parce que vous pensez que je suis mignonne ?

Ha… j'avais réussi ! Son visage se fendit d'un sourire sincère.

— Oui, poupée. Exactement.

Je continuai à sourire.

— Alors, comment es-tu devenue hackeuse ? Je suppose qu'on n'enseigne pas exactement ça à l'école ?

— Non, je suis autodidacte. Mon père a choisi cette occupation pour moi, en fait. Il avait décidé que cela lui profiterait grandement d'avoir un enfant qui pouvait traverser les systèmes d'alarme ou voler des banques en ligne. Il a volé un ordinateur portable pour moi quand j'avais onze ans et m'a emmenée dans l'appartement d'un mec douteux pour apprendre comment accéder au dark web.

Le corps de Paolo devint rigide et je dus rembobiner ce que j'avais dit pour trouver ce qui l'avait tendu.

Oh. L'appartement du mec douteux.

— Il n'est rien arrivé de mal, le rassurai-je, même si je ne savais pas pourquoi je le faisais.

Les sales trucs m'étaient arrivés *après* la mort de mon père. Après qu'il avait été *assassiné* par les Tacone.

Alors je lui parlai sans détour.

— Après que mon père a été assassiné, la vie s'est mise

à craindre. J'avais besoin d'un superpouvoir et le piratage semblait être la réponse. Les parents d'accueil ne peuvent pas vous confisquer vos possessions personnelles et cet ordinateur portable était à moi. Je n'ai pas hésité à l'utiliser. J'ai dédié chaque minute de libre à apprendre comment passer les pare-feu et hacker les mots de passe. J'ai commencé à me faire payer pour des petits jobs de piratage quand j'avais seize ans. Ça m'a aidée à avoir l'impression que j'étais capable de demander mon émancipation et de vivre seule.

— *C'est* un superpouvoir, poupée. Crois-moi, je suis tenté de l'exploiter sérieusement, mais j'essaie de rester clean. *Plus ou moins.* La Famille est devenue réglo.

La Famille était devenue réglo. C'était une nouvelle pour moi, mais étant donné l'argent que j'avais pompé sur les comptes du Bellissimo, je supposai qu'ils n'avaient plus besoin de recourir au chantage et aux prêts usuriers. Ils avaient plus d'argent qu'ils ne pouvaient en dépenser.

— Alors pourquoi étudier l'informatique ? Tu ne sais pas déjà tout ce que tu as besoin de savoir ?

Je lui lançai un sourire ironique.

— J'essayai de devenir réglo aussi. *Plus ou moins.* Dommage que vous me fassiez foirer ça.

Il croisa les bras sur son torse baraqué et secoua la tête.

— Ne m'en veux pas de te présenter les conséquences de tes délits.

C'était malheureux que mon côté pervers trouve son côté tueur aussi sexy.

Je restai sur ce tapis de course. Des images de tous ses actes de domination sur moi emplissaient mon cerveau alors que je rougissais sous son regard vigilant. Quand j'eus terminé, je bondis et allai vers lui, lui donnant un bisou sur la joue avant qu'il ne sache ce que je faisais.

— Quand tout ça sera terminé, est-ce que vous pensez

que nous serons amis ? Amants ? Que nous irons à un rendez-vous ?

Je jouais la comédie, jouant le rôle trop familier de la folle.

Mais je souhaitai soudain ne pas avoir posé ces questions parce que je me rendis compte que la réponse pourrait me blesser.

Me blesser sincèrement.

J'avais l'habitude que des gars me laissent tomber après deux rendez-vous. J'avais l'habitude de les repousser avec mes excentricités, mes perversions et ma folie.

Et ce n'était pas un type avec qui je sortais ou même avec qui je voudrais sortir à l'avenir.

C'était un Tacone, pour l'amour du ciel ! Sa famille avait tué mon père. C'était un tueur à gages qui menaçait ma vie et celle de mon frère.

Mais je découvris que je me souciais de sa réponse. Je m'en souciais beaucoup.

Surtout quand une étrange expression apparut sur son visage. C'était la première fois que je l'avais surpris, et j'avais essayé au moins une douzaine de fois auparavant.

— Bien sûr que non, répondis-je pour lui. Peu importe.

Je m'éloignai précipitamment, sortis de la pièce et, comme il me laissait partir, je sus que j'avais deviné correctement la réponse.

Et je détestai la façon dont cette certitude m'atteignait en plein cœur. Ce tranchant nerveux, plein de malaise qui s'enfonçait là où la chaleur avait régné avant.

Je retournai dans la salle de séjour et allumai la télévision comme si j'étais chez moi, ouvrant Netflix et lançant la nouvelle série dont je m'enfilais les épisodes, *Jane the Virgin*. J'en étais à la saison quatre.

Je ne bougeai pas du canapé pendant le reste de l'après-midi jusqu'au soir. Pas même quand il commanda un chouette dîner à un resto grill et ouvrit une bouteille de vin.

Il ne me força pas… il apporta simplement le repas devant le canapé et me le tendit.

Je pensai que j'avais à moitié envie qu'il prenne la télécommande, éteigne la télé et me prenne en main, me faisant asseoir en face de lui à table en prétendant que c'était un rendez-vous.

Mais je supposai que ça ne l'intéressait pas.

Que je ne l'intéressais pas.

Bien sûr que non. Il était simplement content de prendre son pied pendant qu'il s'assurait que je rendais l'argent que j'avais volé.

Que j'interprète autrement son comportement était dingue.

Ce que, bien sûr, j'étais.

---

1. NdT : Portion de 6,7 km de la partie sud du Las Vegas Boulevard, comprenant grands hôtels, casinos et centres de villégiature.

5

Paolo

— L'argent est là ? Et tu es en train de le détourner ?

J'étais au téléphone avec mon beau-frère Vlad pour vérifier que le transfert de l'argent avait commencé, comme Caitlin l'avait déclaré. Vlad était l'ordure de la *bratva* qui avait kidnappé ma sœur l'année précédente dans sa propre tentative de se venger et d'extorquer de l'argent aux Tacone.

Heureusement pour lui, ou pour elle, ou peut-être pour nous tous, notre petite sœur était une licorne à part entière. Vlad était tombé amoureux d'elle et avait fini par lui donner un rein pour lui sauver la vie avant de nous appeler pour la ramener à la maison. Et c'était la seule raison pour laquelle il n'était pas un homme mort.

— Oui. Notre côté devrait être masqué, mais le sien ne le sera pas. Les fédéraux finiront par remonter jusqu'à elle, comme je l'ai fait quand elle a volé le Bellissimo.

J'essayai d'ignorer le tiraillement de ma conscience à

cette idée. Elle avait fait son lit. Ce n'était pas mon problème.

Je me frottai le visage.

— Y a-t-il quoi que ce soit que tu puisses faire… pour, euh, ralentir ce processus ?

— Pourquoi ? demanda Vlad.

Je ne répondis pas.

— Cette fille te plaît ? J'ai vu la photo. Elle est jolie, non ?

Pas jolie. Chaude comme la braise.

— Réponds à ma fichue question, Vlad, rugis-je.

— *Nyet.* Il n'y a rien à faire. C'est trop tard.

Mince

— Très bien, merci. Surveille les rentrées pour moi et fais-moi savoir quand elles atteindront deux cent mille.

— *Da.*

— *Grazie*, répondis-je.

S'il parlait russe, je parlais italien.

Je raccrochai et tombai sur ma petite hackeuse, se brossant les dents dans le couloir, en train d'écouter.

— Finis et mets-toi au lit, ordonnai-je en levant le menton en direction de la chambre.

Comme toujours, elle fut docile et obéissante. Ça ne signifiait pas que j'allais baisser ma garde. Je lui attacherais encore les mains et les pieds la nuit.

Elle était silencieuse depuis qu'elle avait demandé si nous deviendrions amis, ce qui engendrait tout un tas de sensations folles dans ma poitrine.

Était-elle en fait… blessée ? Incertaine ?

Ou se censurait-elle simplement… s'en voulant d'avoir posé la question alors qu'elle savait que j'étais dangereux ? Qu'elle ne devrait jamais ne serait-ce que prononcer de nouveau mon nom après que ces quarante-huit heures seraient terminées ?

Ce qui me perturbait, c'était ma réaction devant son malaise. Ça me démangeait, comme si quelque chose n'allait pas et que je devais arranger ça.

Comme si je devais dire quelque chose pour apaiser ses sentiments offensés, ou calmer son esprit.

Sauf que je ne savais pas ce qui se passait dans son intelligente et magnifique tête.

Je lui attachai bien les poignets à la tête de lit et lui retirai ses lunettes pour les poser sur la table de chevet.

— La plupart du temps, quand je suis dans cette position, je ne porte pas mes vêtements, me dit-elle.

Je savais que c'était une provocation.

Je savais que j'aurais dû résister.

Je l'avais déjà dans la peau. J'avais peur qu'elle m'ait aussi dans la sienne.

Mais ma verge se tendit alors que mon esprit la déshabillait automatiquement. Je baissai les yeux sur elle un instant, réfléchissant.

Nos regards se soudèrent. Le sien était ouvert. Elle n'avait pas confiance mais était certainement prête à recevoir ce que je voudrais lui donner. Cette position évoquait probablement son abandon, ce à quoi elle s'était entraînée pendant ces « scènes » qu'elle avait mentionnées. Cela la mettait dans l'ambiance.

Alors même que je me disais que je devais m'éloigner, je tendis la main et pinçai un de ses mamelons à travers sa brassière.

Elle se cambra, en demandant davantage.

— Si j'enlève ces vêtements, petite fille, tu seras soumise à ma volonté toute la nuit. Je vais t'épuiser avant de dormir, te réveiller au milieu de la nuit, te pénétrer brutalement demain matin.

Ses pupilles se dilatèrent. Le mamelon que je n'avais

pas pincé durcit pour s'assortir au premier. Elle ne dit rien. Pas un mot pour me dissuader.

Cazzo.

— Tu as trois secondes pour me dire non, petite hackeuse. Sinon je vais te déshabiller et te prendre aussi longtemps et durement qu'il me plaira.

Elle mordit sa lèvre inférieure, laissa traîner ses dents dessus.

Toujours pas un son.

— Un… deux… trois.

Je coupai les colliers de serrage et le rembourrage en dessous et la déshabillai.

— Magnifique fille, murmurai-je en lui remettant des protections et des colliers de serrage.

Je baissai la bouche vers un de ses mamelons et passai la langue dessus, le frôlai de mes dents, le suçai vivement jusqu'à ce qu'elle en crie et s'arc-boute en arrière. Pendant tout ce temps, je faisais rouler entre mes doigts et lui pinçai l'autre mamelon.

Je changeai de côté.

Ses jambes s'agitèrent, glissant de haut en bas sur les draps, repoussant la couette que j'avais tirée avant de l'attacher.

— Prends-moi, Paolo. Mets cette grosse verge italienne en moi.

Je frappai son sein. Elle haleta, l'excitation brillant dans ses yeux. Je le frappai encore.

— Comment t'ai-je dit de m'appeler ?

— Monsieur Tacone, ronronna-t-elle, comme si elle était ravie que je le demande.

Peut-être espérait-elle que je la punisse.

Cette pensée me fit bander encore plus.

Fanculo.

Je m'éloignai d'elle et retirai mes vêtements. Elle me

regarda avec un vif intérêt, mordant de nouveau sa lèvre inférieure.

— Est-ce que je reçois des ordres de ta part, poupée ? demandai-je quand je me plaçai au-dessus d'elle, avançant sur les genoux vers sa tête.

Ses yeux s'écarquillèrent.

— Non, monsieur.

— Est-ce que c'est toi qui me dis où mettre ma queue ?

— Non, monsieur Tacone, répondit-elle immédiatement.

Pas comme si elle avait peur, comme si elle avait hâte de voir ce qui se passerait ensuite.

Je fis pénétrer ma verge dans sa bouche, la laissant toucher le fond de sa gorge.

Quand elle s'étouffa, je me retirai un peu, puis entrai de nouveau avant qu'elle ne soit prête.

— Non, petite hackeuse. Je mets ma queue où je veux, n'est-ce pas ?

Elle acquiesça dans un bruit étouffé. J'adorais la vibration autour de ma verge. J'adorais la manière dont elle suçait comme une gentille fille. Sa langue dessina une spirale, essayant de me plaire bien que je sois celui aux commandes. C'était moi qui allais trop loin et lui faisais monter les larmes aux yeux.

— Si je veux la mettre dans ta bouche, je la mets dans ta bouche. Si je veux te la mettre par-derrière, je te la mets par-derrière. N'est-ce pas, poupée ?

Elle bafouilla à nouveau son approbation.

Je continuai, et même si j'appréciais sérieusement, ce n'était pas tant de mon plaisir qu'il s'agissait que de la torturer un peu, parce que j'étais presque certain que c'était ce qu'elle voulait : être maltraitée, qu'on lui retire le contrôle.

Et j'allais m'assurer qu'elle en apprécie chaque seconde.

Je me retirai et reculai pour attraper sa mâchoire et m'emparer de sa bouche. Elle me rendit mon baiser avec ferveur, faisant glisser sa langue sur mes lèvres, inclinant sa bouche contre la mienne, m'offrant un mouvement de succion avec ses lèvres.

Quand elle me mordit la lèvre inférieure, j'agrippai sa gorge.

— Arrête, dis-je quand elle la relâcha.

J'étais sérieux. Je n'aimais pas qu'on insiste, même si c'était elle. Je ne la punissais pas ni ne me montrais ferme, puisqu'elle aimait ça. Je ne voulais pas la récompenser. Je la laissai simplement voir mon froncement de sourcils. Je ne bougeais pas avant d'être sûr que ce soit rentré dans son crâne.

— Je suis désolée.

Mon pouce dériva entre ses seins.

— C'est une jolie excuse, jeune fille. Ça me plaît quand tu t'abandonnes.

Je m'arrêtai au niveau de son nombril et en fis le tour.

Elle leva les hanches, m'incitant à aller plus bas.

Je reculai et remontai les pouces sur l'intérieur de ses cuisses. Elle frissonna à mon contact, son sexe étincelant en imaginant mes doigts qui y arriveraient.

Je la taquinai, dessinant des cercles tout en haut de ses cuisses, mais sans toucher son intimité.

— Je serai gentille, promit-elle en chuchotant.

Comme si elle aurait pu dire quoi que ce soit pour m'empêcher de faire ce que je voulais, de toute façon.

Je mordillai l'intérieur de sa cuisse, ma langue traçant un chemin vers sa chatte, mais m'arrêtai avant de l'atteindre.

— Monsieur Tacone. Monsieur Paolo. Monsieur. Caïd. *S'il vous plaît.*

— J'aime bien quand tu supplies.

Je la récompensai d'un seul passage de ma langue sur son intimité.

Elle inspira brusquement.

— Oh s'il vous plaît ! Oh s'il vous plaît, oh s'il vous plaît, oh s'il vous plaît, oh s'il vous plaît. Je serai une gentille fille. Je serai tellement gentille !

J'étais sérieux quand j'avais dit que j'aimais bien quand elle suppliait. J'étais plus dur que du marbre.

Peut-être que j'avais toujours eu un délire mégalo.

Peut-être que ça avait toujours été inapproprié…

Jusqu'à ce que je rencontre cette fille.

Je posai ma langue à plat et au milieu de sa vulve, la léchant tout du long.

Elle frissonna et croisa les jambes pour les enrouler autour de mon dos. Je les repoussai, les maintenant écartées alors que je baissais de nouveau la tête. Puis je me mis au travail. J'utilisai ma langue de toutes les manières possibles pour la taquiner jusqu'à la frénésie, la gardant au bord de l'orgasme.

Quand elle ne fut plus que babillage et tortillements, je me redressai à genoux et la fis rouler pour qu'elle se retrouve sur le ventre.

Enfin, elle ne se retrouva pas complètement sur le ventre, avec ses poignets attachés à la tête de lit. Elle était dans une position tordue que j'adorais, ce qui faisait de moi un taré. Je lui frappai le postérieur, encore rouge après les coups dont je l'avais fouetté plus tôt, puis enfouis mon pouce entre ses fesses.

— Tu penses que je devrais encore te sodomiser ce soir ? Humm ?

Ses yeux étaient écarquillés, alertes, elle avait le regard

fixé sur mon visage, mais elle ne protesta pas. Seulement, elle n'en avait pas envie, je le voyais bien.

Je massai son anus alors que je me redressai derrière elle et agrippai ma verge. Mais après l'avoir gainée, je plongeai dans son sexe, pas entre ses fesses.

Elle gémit de plaisir.

Je levai la main et appuyai ma paume contre la tête du lit, commençant à la pilonner à coups de reins marqués. Elle émettait ces mignons petits « *ung* » chaque fois, s'appuyant sur les mains pour éviter de se cogner la tête chaque fois que je la repoussai sur le lit.

— Tu as commis une grave erreur en me montrant ce côté de toi, Wylde West, grondai-je, regardant ses seins tressauter chaque fois que je plongeais.

— Pourquoi ?

Je ne marquai pas de pause dans mon rythme, chaque coup de reins était tellement satisfaisant que j'aurais voulu hurler mon triomphe.

— Quand ta dette sera payée, je ne te laisserai peut-être pas partir.

Elle se tourna pour me regarder par-dessus son épaule et je remarquai une question dans ses yeux. Un éclair de je-ne-sais-quoi que je ne pouvais pas interpréter. De la vulnérabilité ? C'était la première fois qu'elle me montrait de la faiblesse. Parce que je n'étais pas assez bête pour croire une seconde au numéro de la folie. C'était une carte qu'elle jouait pour faire de l'effet, je le savais. Quelque chose pour repousser les gens ou faire en sorte qu'on la sous-estime.

Je devais rester sur mes gardes avec elle, parce qu'il y avait de grands risques pour que, malgré sa soumission sexuelle, elle prépare une riposte qui m'enterrerait.

Elle jouit.

Quand ses muscles se tendirent et enserrèrent ma

verge, je raccourcis mes coups de reins, allant et venant rapidement jusqu'à jouir aussi.

Alors que je ralentissais mes pénétrations, je me blottis contre elle, embrassant son épaule pâle. Je tendis la main et triturai le piercing sur son clitoris et elle jouit de nouveau, avec une nouvelle délicieuse série de contractions de son sexe.

Je lui embrassai le cou, mordillai le pavillon de son oreille.

— J'aime bien te baiser, Caitlin.

J'énonçai une évidence. Mais cela semblait être un énorme aveu. Je n'étais pas du genre à parler de sentiments.

Jamais.

Je ne donnais pas dans les sentiments.

Mais je ne pouvais pas nier combien il était satisfaisant de posséder ma prisonnière. Et jouait aussi à quel point elle appréciait ça.

∼

Caitlin

Paolo se retira et fit un brin de toilette. Il coupa le collier de serrage qui retenait mes poignets à la tête de lit, mais laissa intact celui qui attachait mes mains, ainsi que celui autour de mes chevilles. Et comme la veille, il fut prudent et ne me laissa pas voir où il rangeait les ciseaux.

Nous nous installâmes dans la même position que la nuit précédente, son bras m'entourant fermement la taille… une autre forme de bondage. Une forme très agréable.

— Et si je voulais vous faire face pendant que je dors ? demandai-je avec une fausse innocence.

Il ne mordit pas à l'hameçon. Il ne répondit pas.

J'écoutai le son de sa respiration dans les ténèbres.

— Vous avez une petite amie ?

Il poussa un léger rire de dérision.

— Non.

— Une épouse ?

— *Non.*

Maintenant il semblait agacé.

J'avais déjà remarqué qu'il ne portait pas d'alliance et qu'il n'y avait aucun signe de présence féminine dans sa maison, mais on ne pouvait jamais savoir. Je n'en avais pas découvert assez sur lui en le traquant sur Internet.

— Vous n'avez jamais été marié ?

Je continuai à insister. Je voulais en savoir plus sur cet homme. Il ne parlait pas assez et, même si je pensais l'avoir cerné durant nos interactions sexuelles, il me manquait encore trop d'informations sur lui.

— Non.

— Pourquoi pas ?

— C'est pas mon truc. La famille. Les gosses. Je n'ai jamais voulu de ce bazar. Il n'y a jamais eu de femme que je pouvais supporter sur le long terme non plus.

— C'est quoi le plus longtemps ?

— Il n'y a pas de plus longtemps. Je ne donne pas dans les petites amies.

Cela me paraissait étrange, étant donné à quel point il pouvait en fait être attentionné. Au lit et en dehors. Je ne comprenais pas.

Une partie de moi, la fille stupide, voulait croire que cette prévenance m'était réservée, comme si je représentais quelque chose de nouveau pour lui.

La fille stupide fut obligée de demander :

— Aviez-vous déjà fouetté une femme ?

— Tu es la première.

Est-ce que je détectais de l'amusement dans le ton de sa voix ?

Il répondait à mes questions, rien que cela me disait qu'il était réceptif, même si je jouais la carte de la folie.

— Vraiment ? Parce que vous êtes… hum, plutôt doué.

— Plutôt doué ?

— Très doué. Ça m'a plu… la manière dont vous m'avez fouettée. Les deux fois.

Bon sang. Ma voix était… essoufflée. Et impatiente. Pourquoi semblais-je aussi impatiente ? Je ne me souciais pas de ce qu'il pensait de moi. Je ne cultivais pas une vraie relation, ici. Je ne faisais que creuser à la recherche d'informations sur mon ravisseur.

Oui.

J'allais continuer à me dire ça.

Sa verge tressaillit contre mes fesses. Il se déplaça pour prendre un de mes seins.

— Tu ferais mieux d'arrêter de trop ouvrir cette jolie bouche ou cette séance au milieu de la nuit va arriver plus tôt que prévu.

Mon intimité se resserra sur du vide. Ça ne me dérangeait pas. Cet homme semblait *posséder* mon corps. Il le regardait et je mouillais.

— Est-ce que ça vous plaît ? demandai-je.

— Quoi ?

— De me faire mal.

Je n'aurais pas dû formuler ça ainsi. Il risquait de mal le prendre. Comme si je l'accusais.

Il me mordit l'épaule.

— Oui, ça me plaît.

Il resta silencieux un instant.

— Ça me fait me demander si…

— Si quoi ?

Il gratta mon mamelon de son pouce comme une corde de guitare.

— Je ne sais pas. Peut-être que c'est pour ça que je n'ai pas donné dans les relations. Je devais me maîtriser.

Je refermai les lèvres sur un petit hoquet. *J'étais* quelque chose de nouveau pour lui. Mon cœur accéléra.

Ne t'excite pas, m'avertis-je sévèrement. C'était l'ennemi.

Puis il fallut que je sache.

Même une folle devait être réaliste à un certain stade.

J'inspirai profondément.

— Avez-vous tué mon père ?

Si j'étais honnête, c'était ce que j'essayais de déterminer quand j'avais hacké son casier judiciaire.

— Certainement pas, répondit-il.

La réponse fut si immédiate que je le crus.

— Est-ce que vous savez qui l'a fait ?

Il resta silencieux un instant.

— Même si je le savais, je ne te le dirais pas, West. Dors.

Maintenant il m'appelait *West*. Était-ce parce qu'il pensait à mon père ?

— Mais vous l'avez connu ? Vous faisiez des affaires avec lui ?

— Je me souviens de lui, c'est tout. Arrête de parler.

J'essayai de me retourner vers lui, mais il resserra son bras pour que je ne puisse pas bouger.

— Vous avez, n'est-ce pas ?

— Je ne sais rien. Je pourrais probablement le découvrir. Mais ça ne veut pas dire que je te donnerais la réponse.

— Parce que c'est quelqu'un de votre famille qui l'a fait.

— Je ne pense pas, Caitlin… je l'aurais probablement su. Mais c'est possible. Je ne peux pas l'exclure.

La réponse me perturba et me soulagea en même temps. Ce n'était absolument pas Paolo. Je ne couchais pas avec l'homme qui avait appuyé sur la gâchette. Et il y avait réfléchi. Ce qui n'arrangeait pas tout, surtout si l'assassin était un membre de sa famille, mais il n'était pas aussi dédaigneux à cette idée que quand je l'avais accusé au début.

Mais le tourbillon de malaise qu'il avait déclenché quand il avait demandé si mon père les avait volés revint. Plus je ruminais là-dessus, plus ça paraissait vrai. Je me souvenais de fragments de conversations téléphoniques qu'il avait eues à ce moment-là. Des conversations qui m'avaient convaincue qu'il avait été tué par la mafia quand je les avais réexaminées. Quand je me voyais comme la victime et mon père comme le héros arraché à notre famille. Mais maintenant, je n'en étais pas si sûre. Maintenant, je voyais soudain tout par un prisme différent. Mon père était un avocat véreux. Il essayait toujours d'escroquer les gens, cherchant de quoi il pourrait tirer bénéfice. Peut-être que c'était sa faute s'il était mort.

— Je ne peux pas t'aider pour la mort de ton père, dit Paolo derrière moi, comme s'il y avait réfléchi un moment et avait enfin pris une décision.

Pendant un instant, je ne ressentis rien, comme si le temps s'était figé. Puis une énorme boule d'émotion se mit à grossir dans ma poitrine. Du chagrin, supposai-je. Pas pour la mort de mon père, mais pour l'image que je m'étais faite de lui après… une sorte de mec bien, pas ce mauvais exemple de père, égoïste et absent, qu'il était vraiment. Ou peut-être simplement pour quelque chose que je pensais avoir, quand je n'avais rien.

J'essayais de retenir la boule. Je bloquai la gorge et

m'étouffai un peu, mais elle explosa. Mon dos se secoua sous un sanglot. Je retins ma respiration, crispai le visage pour empêcher le reste de s'échapper.

C'était impossible. L'émotion jaillit hors de moi. Des larmes coulaient sur mes joues.

Paolo me retourna vers lui et m'attira contre son torse, me serra contre lui et me frotta le dos.

J'étais gênée et en colère contre moi de perdre mon sang-froid comme ça, mais il ne fit pas de commentaire. Il ne me dit pas que tout allait bien ou le contraire. Il m'étreignit simplement. Il me massa l'arrière de la tête.

Et quand je me rendis compte qu'il ne dirait rien, je me laissai complètement aller. Je mouillai sa peau de mes larmes, je les laissai couler et couler jusqu'à ce qu'elles se tarissent.

Et ensuite, quand je fus complètement vidée, je tombai dans le plus profond sommeil de ma vie.

6

Paolo

Je laissai Caitlin faire la grasse matinée – brisant ma promesse de l'utiliser et de la maltraiter durant la nuit et au matin. Quand bien même je m'étais réveillé avec l'érection la plus douloureuse du monde. Quand bien même ça m'avait tué de démêler mes membres des siens et de m'éloigner de son corps nu et mince.

Mon cœur se brisait pour elle.

Et je ne pensais même pas que j'avais un cœur.

Mais les larmes qu'elle avait versées la veille m'avaient donné envie de tuer tous les enfoirés qui l'avaient un jour blessée. Seulement, je ne pouvais pas. J'avais déjà décidé que je ne pouvais pas venger la mort de son père, même si j'étais prêt à tuer pour elle. Mais sachant le genre de gars que son père était, connaissant les cercles qu'il fréquentait… eh bien, je présumais qu'il l'avait bien cherché.

Et j'étais peut-être du même côté que son assassin. Je ne pensai pas que c'était les Tacone. Mais ça aurait pu. Ou un de nos alliés. J'aurais bien appelé mes frères pour demander ce qu'ils savaient, mais on ne parlait pas de ce genre de trucs au téléphone. Cela devrait attendre jusqu'à ce que je puisse voir Junior ou Gio en personne.

Je me douchai et m'habillai, puis appelai Vlad pour qu'il vérifie le compte pour lequel elle siphonnait de l'argent pour nous. Il en était à cent quatorze mille dollars.

Bien. Je la surveillais toujours pour voir si elle allait m'entuber, mais pour l'instant il semblait qu'elle allait rentrer chez elle relativement indemne ce soir.

Je mis en route la cafetière, fis frire du bacon et sortis des œufs.

J'attendis un moment, mais comme elle continuait à dormir, je me fis frire deux œufs et pris mon petit déjeuner.

C'était une bonne chose, parce qu'elle dormait encore à l'heure du déjeuner. J'entrai et la réveillai en coupant ses colliers de serrage.

Je voulais encore promettre d'arranger les choses. J'étais le gars qui réglait les problèmes pour la famille. Le gars qu'on envoyait pour jouer le dur. Pour utiliser des menaces, ou mes poings, ou parfois des solutions plus permanentes afin de résoudre les problèmes. C'était pour ça que j'étais le gars qu'on avait envoyé pour éclaircir la situation avec Caitlin.

Mais arranger les choses pour les femmes n'était habituellement pas mon truc. Enfin, je l'aurais fait. Si un gars avait frappé une fille, je serais intervenu sans hésiter. Je ne vivais que pour la violence et je l'aurais assurément utilisée pour protéger une fille. Mais je n'étais certainement pas le chevalier en armure étincelante.

Mais ce truc avec Caitlin me dérangeait. Je ne parle pas de ma punition. Je ne lui avais rien infligé qu'elle n'ait pas désiré. Et je ne le ferais pas. Mais elle était blessée. J'ignorais si les raisons qui l'avaient rendue tordue pouvaient être rectifiées. Et ça me donnait envie de fouiller dans son passé et de punir jusqu'au dernier des bâtards qui lui avaient fait du mal.

Mais elle bondit du lit comme si rien ne s'était passé.

— Bonjour, *monsieur Tacone.*

Elle insista sur le « monsieur Tacone » comme si elle se moquait de moi.

Je lui frappai le postérieur alors qu'elle boitillait à côté de moi pour aller à la salle de bains.

— Tu peux m'appeler Paolo, concédai-je.

Elle se retourna, écarquillant les yeux avec une surprise surjouée.

— Ooh, j'ai franchi le cap. Comment suis-je passée au niveau suivant ? Était-ce en braillant sur votre torse ?

Elle me fit un grand sourire, comme si brailler était quelque chose d'adorable.

Et dans son cas, ça l'était soudain. Ou plutôt, en parler comme si c'était mignon fit que ça le devint.

— Quelque chose comme ça, lui répondis-je.

Elle s'arrêta et replia les doigts entre ses cuisses, faisant se dilater mes yeux et ma verge.

— Pourquoi ne suis-je pas gonflée et endolorie par tout le pilonnage que vous m'aviez promis ?

Et comme chaque fois, je répondis.

Je me retrouvai contre elle en un éclair, la faisant reculer jusqu'à ce que ses fesses heurtent le mur.

— Maintenant, tu as des problèmes.

— Oui, j'aurais dû attendre d'avoir fait pipi.

— Tu aurais dû, dis-je, mais je ne la lâchai pas.

Je la frictionnai entre les cuisses et elle mouilla au second passage. Je plongeai deux doigts en elle et elle se mit sur la pointe des pieds, faisant remonter son dos contre le mur.

J'allais faire ça vite, puisqu'elle devait faire pipi. J'avais une trique constante pour elle, alors je n'avais pas besoin de préliminaires. Le temps d'enfiler rapidement un préservatif et je me retrouvai enfoui en elle, remontant son postérieur contre le mur à chaque puissant coup de reins.

Elle enroula les jambes autour de ma taille, ses bras autour de mes épaules. Je continuai jusqu'à ce qu'elle babille mon prénom, suppliant pour jouir.

— Est-ce que tu peux jouir sur commande ? demandai-je.

— Vous savez déjà que oui, dit-elle, ce qui était vrai.

Je l'avais découvert chez elle, ce qui semblait remonter à un million d'années.

— Alors quand je dirai « jouis », tu jouiras, et tu vas tellement bien enserrer ma verge que j'oublierai tous mes projets de prendre ce derrière aujourd'hui.

— Je suis prête *maintenant*. S'il vous plaît, maintenant.

Je regardai son visage alors que je m'enfonçais, la pilonnant contre le mur, observant son désir et sa frustration grandir de manière irrépressible jusqu'à ce que je ne puisse plus le supporter.

— Jouis, Caitlin.

Je m'enfonçai profondément en elle, éjaculai et pinçai fort un de ses mamelons.

Elle hurla et jouit, son sexe trempé me pompant jusqu'à ce que j'en aie la tête qui tourne.

— Paolo, murmura-t-elle alors que j'allais et venais en elle tranquillement, la caressant sur la fin.

Il s'avérait que j'adorais entendre mon prénom sur ses lèvres, surtout de cette manière sexy et essoufflée.

Je me retirai, puis m'enfonçai de nouveau.

— Redis-le.

— Paolo.

Je croisai son regard et y lus une trace de vulnérabilité. Juste avant qu'elle ne la recouvre d'insolence.

— Maintenant, vous voulez que je le dise.

— Tu diras ce que je veux que tu dises, n'est-ce pas, petite fille ?

Je heurtai mon bas-ventre de nouveau contre elle.

— Est-ce que vous dites ça à tous ceux que vous rackettez ?

Encore une fois, cette vulnérabilité. Elle m'avait souvent posé cette question. Elle voulait savoir où elle en était avec moi.

Ma bouche se plissa en un sourire narquois.

— Pas dans cette position.

Elle se mit à rire. Pas un rire fou, mais un rire sincère, magnifique et musical.

Je me surpris à lui sourire en retour... ce qui était très agréable, parce que je ne le faisais jamais.

Je me retirai et la reposai sur le sol.

— Va faire pipi.

— Oui, monsieur Tacone.

Elle balança ses cheveux par-dessus son épaule et cligna rapidement des yeux à mon adresse.

Je lui frappai le postérieur.

Elle était mignonne comme pas possible.

Je ne voulais vraiment pas la laisser partir.

Caitlin

Je ne savais pas que j'avais dormi si tard avant de sortir de la douche et de découvrir qu'il était déjà 13 heures 40.

Je me pressai d'aller vers l'ordinateur pour vérifier le solde. Est-ce que je me rapprochais seulement du montant requis d'ici mon échéance ? Que se passerait-il si je ne réussissais pas ? Il serait sûrement indulgent avec moi ? Il venait de s'enfouir jusqu'aux bourses entre mes cuisses.

Mais je ne connaissais pas vraiment ce gars. Il était dangereux, c'était sûr.

— Où en sommes-nous ?

Il se tenait au-dessus de moi.

— Cent trente-huit mille.

— On y arrive.

Je levai les yeux vers lui.

— Est-ce que j'ai quelques heures de marge ? Vous savez, si tout l'argent n'est pas arrivé dans la limite du temps accordé ?

— Oui, poupée. C'est bon. Je vois bien que tu fais un véritable effort, là.

Un véritable effort. L'effort qui allait m'envoyer en prison pour dix à vingt ans.

Bon sang.

J'allai dans sa salle de sport et montai sur le tapis de course. J'y restai jusqu'à ce qu'il m'en arrache deux heures plus tard, et je pouvais à peine tenir debout sur la terre ferme.

Il agrippa mes coudes pour me soutenir.

— Ça va. On se rapproche de la somme. Tu peux arrêter et je vais te ramener chez toi.

Je sus que ma folie battait tous ses records quand ma première émotion fut la déception. Comme si je ne voulais pas partir.

Et c'était aussi dingo que ça pouvait l'être.

— Et mon frère ? Il est tiré d'affaire aussi maintenant ? Vous allez rappeler vos gars ?

— Personne ne l'a touché, Caitlin. Il ne sait pas que quelque chose est arrivé, dit-il en rapprochant son visage du mien. Personne ne le saura, n'est-ce pas ?

—Je ne parlerai pas.

— Tu ne feras rien qui m'obligerait de nouveau à partir à ta recherche. *Capiche* ?

— Oui, je *capiche*.

— Rassemble tes affaires. Je te ramène chez toi.

J'étais légèrement désorientée par ce renvoi soudain. Je doutais que nous ayons atteint les deux cent mille, mais je n'allais pas me plaindre.

Parce que ç'aurait été dingue.

Je rentrais à la maison.

Je n'aurais pas dû me sentir aussi déçue.

Abandonnée, même.

Bon sang, j'étais vraiment cinglée.

Peut-être que c'était parce que je savais qu'après ça j'irais en prison. J'ignorais si ça leur prendrait une semaine, un mois ou un an de remonter jusqu'à moi, mais j'imaginais qu'ils finiraient par y arriver. Même si je passais le reste de la nuit à essayer d'effacer l'existence de ce compte en banque de toutes les archives.

J'emballai mes affaires et Paolo m'emmena à la Porsche. Fidèle à sa parole, il me laissa monter à l'avant cette fois.

— Donc, je t'ai dit que je ne t'aiderai pas pour la mort de ton père. Mais est-ce qu'il y a autre chose que je puisse faire pour toi ? Quelqu'un à qui tu veux qu'on brise les genoux ?

Je lui lançai un regard de biais.

— Quoi ?

Il haussa les épaules.

— Tu m'as entendu.

— Vous êtes sérieux ? Pourquoi est-ce que vous me proposez ça ?

— Nous sommes quittes maintenant, pour l'argent. Mais tu as pris soin de moi plus d'une fois ces deux derniers jours et je… Euh, je veux te rendre la pareille.

Je clignai des yeux. Est-ce que je comprenais bien ?

— Alors c'est comme une transaction ? Je vous ai fait des fellations et maintenant vous allez briser les genoux de quelqu'un pour moi ?

Je vis ce tressaillement sur ses lèvres.

— Oui. Quelque chose comme ça. Est-ce que ça t'offense ?

— Eh bien, je suis douée pour ça.

Je me rabattis sur Caitlin la Folle parce que, même si j'étais légèrement offensée, j'étais également très excitée.

— En effet.

Je me mis à rire.

— J'ai un certain nombre de personnes sur qui j'adorerais vous lâcher. Mon directeur de thèse, déjà. Mais non, merci. Ça va.

Les mains de Paolo se resserrèrent sur le volant.

— Qu'a-t-il fait ?

— Oh c'est juste un enfoiré. Disons simplement qu'il n'a pas donné suite à notre transaction après que je lui ai fait une fellation.

Les sourcils de Paolo se froncèrent.

— Tu as fait ça ? Et qu'était-il censé faire pour toi ?

— Il m'avait promis la place de professeure assistante puis l'a donnée à quelqu'un d'autre. Mais je suis sérieuse… je n'ai pas besoin que vous lui fassiez du mal. Je sais m'occuper de moi. Est-ce que je peux garder un bottage de fesses en réserve pour quand ce sera nécessaire ? Ou, encore mieux…

Ne le dis pas. N'aie pas l'air quémandeuse.

— L'utiliser pour moi ?

Il détacha les yeux de la route pour me regarder. Son coup d'œil était difficile à interpréter, mais je crus surprendre des traces d'amusement dans son expression.

— Oui, poupée. Bien sûr.

Je ne savais pas à quoi il disait oui et je ne me permettrais pas de demander. Il tournait vers les logements de troisième cycle où mon appartement d'étudiante à loyer modéré se trouvait.

— Vous pouvez me laisser ici, dis-je en ouvrant la portière quand il s'arrêta à un stop.

— Non, je peux…

J'étais déjà descendue.

— Merci pour ces bons moments, Paolo. À la revoyure.

J'attrapai ma sacoche, la passai sur mon épaule et lui fis signe de la main après avoir fermé la portière.

Il me regarda à travers la vitre pendant une seconde, puis leva le menton et s'en alla.

J'essayai de lutter contre la panique qui me dévorait les entrailles.

Ce n'était pas parce qu'il s'en allait.

C'était parce que j'irais très bientôt en prison.

Et c'était tout.

Je n'avais absolument aucun sentiment pour Paolo Tacone.

Ç'aurait été de la folie.

7

Paolo

Pour la première fois de ma vie, je me sentais déphasé. Je ne me considérais pas comme un mec très émotif. Si un truc me contrariait, je cassais la figure à quelques types et je me sentais mieux. Fin de l'histoire.

Mais là, c'était différent. C'était un malaise léger. Pas de la colère. Peut-être que c'était ma fichue conscience, jusque-là inexistante, qui se réveillait. Je n'avais pas apprécié de laisser partir Caitlin, et alors que les jours s'écoulaient lentement, cette sensation ne fit que s'intensifier.

Je rendis visite à Junior et à Gio, mes frères qui vivaient dans le coin, pour découvrir s'ils se souvenaient de quoi que ce soit sur Lake West. Aucun ne se le rappelait plus que moi. Le mec avait été louche – peut-être un intermédiaire pour des objets volés –, mais pas grand-chose d'autre. Gio pensait qu'il avait peut-être travaillé pour la *bratva* russe. Pas la cellule de Vlad, mais une organisation plus ancienne, avec laquelle nous avions des liens précaires à une époque. Si c'était vrai, ce pouvait être un des leurs qui l'avait tué.

J'avais demandé à mon soldat de garder un œil sur Trevor West pendant quelques semaines après que j'avais laissé partir Caitlin. Et je me mis à surveiller Caitlin moi-même.

Vlad n'avait eu aucun problème à transférer et blanchir l'argent de son compte et il m'avait signalé qu'elle avait effacé complètement son existence, ce qui était de bon augure pour qu'elle ne se fasse pas prendre pour le crime qu'elle avait commis.

Malgré tout, je gardais un œil sur elle. J'aimais bien savoir qu'elle était en sécurité, de retour à l'école et à enseigner ses cours de cardio, portant ses pantalons de yoga et des tee-shirts sous sa doudoune rouge.

Je n'aimais pas l'expression éteinte dans ses yeux. Ce qui me dérangeait le plus, c'était de penser que c'était moi qui l'y avais mise.

Sauf que je n'arrivais pas vraiment à m'en convaincre. Elle avait trouvé du plaisir avec moi, j'en étais sûr. Elle avait peut-être utilisé le sexe pour s'immuniser contre moi, mais ses orgasmes n'avaient pas été simulés.

Dieu sait que j'avais pris du plaisir avec elle. 'J'étais accro. Maintenant qu'elle n'était plus là, maintenant qu'elle avait emporté avec elle cette aura de chaos qu'elle transportait, ma maison semblait vide.

Je découvris que son directeur de thèse était un gars du nom de Noah Alden et je lui rendis visite dans son bureau. Ce type puait le bâtard prétentieux à quinze kilomètres. Il était petit, habillé négligemment et bedonnant. J'étais énervé que les lèvres de Caitlin aient été à proximité du paquet de ce gars. En fait, j'aurais voulu le tuer rien que pour ça. Mais ce n'était pas pour ça que j'étais là.

J'entrai par effraction dans le bureau du gars et m'assis dans son fauteuil pour l'attendre. Il faillit se faire dessus quand il me trouva là.

— Qu-qu'est-ce qui se passe ici ? Qui êtes-vous ?

Je pris mon temps pour me lever du fauteuil, lui donnant un instant pour remarquer ma carrure, apercevoir le flingue que je portais dans le holster sous mon bras, la taille de mes poings.

Je fis tranquillement le tour de son bureau.

— Je suis là pour discuter d'une des élèves de troisième cycle avec toi.

— La… laquelle ? De quoi s'agit-il ?

— Pourquoi as-tu court-circuité Caitlin West pour le poste de professeure assistante que tu lui avais promis ?

Son visage se plissa de dédain.

— Caitlin ? Elle est folle.

Et cela me suffit. Mon poing percuta son nez et le gars percuta le mur.

— Répète ça, le défiai-je en l'empoignant par la chemise pour le relever car il s'était affalé sur le sol. Vas-y. Traite-la de folle devant moi. Je vais te montrer ce qu'est la folie, nom de Dieu.

Le sang coulait à flots sur son visage, se répandant sur mes mains.

— Je… je… Je suis désolé. Je ne le pensais pas, je vous le jure ! Elle est gentille. Très douce. Juste un peu… unique en son genre, c'est tout. C'est votre petite amie ou quelque chose comme ça ?

— Quelque chose comme ça, répondis-je, le plaquant contre le mur. Maintenant tu vas m'écouter. Tu vas donner à Caitlin ce boulot de professeure assistante qu'elle mérite, ou je vais briser tous les os de tes deux mains. *Capiche ?*

— Je-je… Je ne peux pas lui donner ce travail, je l'ai déjà donné à quelqu'un d'autre.

— Oui, j'ai entendu dire ça. Tu vas le virer. Ou je vais me débarrasser de lui et ce sera ta faute. Compris ?

— Oui, ouais, j'ai compris.

— D'ici demain, et ne parle à personne – pas même à Caitlin – de cette conversation.

— Je me tairai. D'accord, j'ai compris.

— Et si tu manques encore de respect à cette fille, je te butterai. Compris ?

— Compris. Je ne lui manquerai pas de respect. S'il vous plaît.

Je lui donnai un autre coup de poing dans le ventre pour m'assurer qu'il recevait le message avant de le lâcher.

Je sortis à grands pas, toujours très énervé.

Putain de *stronzo* – traiter Caitlin de folle. Les gens étaient tellement stupides de ne pas voir que tout ça n'était que du cinéma pour s'assurer qu'on la sous-estime. C'était sa méthode pour contrôler son environnement dans une position de faiblesse, une compétence de survie qu'elle avait probablement dû apprendre après la mort de son père, si ce n'était avant.

C*aitlin*

L*a* p*remière* c*hose* que j'avais faite quand Paolo m'avait déposée avait été de passer voir Trevor. Paolo avait raison. Trevor n'avait pas remarqué que quelqu'un le surveillait, il n'avait même pas remarqué que je n'avais pas donné de nouvelles.

J'envisageais de lui dire ce qui s'était passé, mais je décidai de ne pas l'inquiéter. Il était heureux. Il était presque comme un étudiant universitaire normal, faisant la fête, couchant avec des filles et s'amusant. Son existence ne ressemblait pas à la mienne. Nous avions été placés dans des familles d'accueil différentes. La sienne l'avait adopté. Ils étaient convenables. Il était devenu normal.

Je ne voulais pas perturber ça.

Alors je continuai.

Seulement, quelque chose avait changé désormais.

J'avais changé.

Je ne cessais de penser à Paolo, me demandant si j'aurais dû agir différemment, si j'avais commis une erreur en couchant avec lui. Celle que j'étais avant m'en aurait voulu de ma folie, se serait demandé quand j'allais être normale, ne plus me tourner vers le sexe et la douleur pour supporter les situations stressantes.

Celle que j'étais devenue ne pouvait pas se résoudre à se condamner. Je ne me sentais pas sale, sans mérite ni utilisée.

Je me sentais satisfaite. Suffisamment satisfaite pour me demander au moins dix fois par jour si je reverrais un jour Paolo. Si ça l'intéressait de coucher avec moi ou de refaire une scène. Peut-être nous retrouver au donjon BDSM, ou chez lui.

Et je ne cessais de me repasser son offre, la manière dont nous nous étions quittés, que je pourrais lui demander un service si j'en avais besoin. Il ne m'avait pas donné son numéro de téléphone ni quoi que ce soit, mais j'étais une hackeuse, je pourrais le trouver assez facilement.

Mais toutes ces pensées étaient plutôt inutiles quand je me rappelais que, d'un jour à l'autre, le FBI risquait de se pointer à ma porte pour m'arrêter.

J'allai dans le bureau de mon directeur de thèse, le Dr Alden, après qu'il m'eut laissé un message me disant qu'il devait me rencontrer.

À la minute où je le vis, un flot de sensations brûlantes

et glacées me traversa. Ses deux yeux étaient pochés et il avait le nez pansé.

Paolo était venu.

Oh mon Dieu.

J'aurais dû me sentir coupable, mais je suppose que j'étais suffisamment immorale pour m'en passer. Je me sentais seulement défendue.

Et autre chose... une partie de moi faisait la fête.

Paolo tient à moi.

— Que s'est-il passé ?

J'essayai d'avoir une intonation normale.

— Je me suis pris une porte, dit-il d'une voix tendue qui confirmait tout.

Je pris une chaise et m'assis, le cœur battant.

— Vous vouliez me voir ?

— Oui, euh... écoute. Un problème s'est présenté. Todd ne peut plus se charger du travail de professeur assistant et je voulais savoir si tu pouvais le remplacer. Ce semestre... Immédiatement.

— Oh, euh... ouais. Je peux.

J'essayais d'avoir l'air surprise, naturelle. Mais qui est-ce que je croyais tromper ? Nous savions tous les deux ce qui s'était passé.

— Génial. Voici tout ce dont tu auras besoin, dit-il en poussant une liasse de papiers sur le bureau vers moi. Sois prête à enseigner demain.

— Très bien. Je le serai. Merci.

Je me levai.

Eh bien, bon sang ! C'était quinze mille dollars par an, ce dont j'aurai assurément besoin puisque je n'avais plus l'argent des Tacone qui rentrait.

Je quittai le bureau, me demandant si je devais essayer de contacter Paolo pour le remercier.

Non, mieux valait laisser tomber. Nous avions couché

ensemble pendant qu'il me gardait prisonnière. Ce n'était pas un geste romantique. C'était probablement considéré comme un geste de sociopathe.

Je montais sur mon vélo quand la sensation d'être observée que j'avais ressentie dernièrement se manifesta de nouveau.

Je pensais que c'était moi qui étais paranoïaque au sujet du FBI qui allait se montrer pour m'arrêter, mais je me rendis soudain compte que ce pouvait être Paolo. J'examinai les rues. Pas de signe de la Porsche.

Mais là. Je vis une Range Rover bleu foncé garée dans la rue en face avec une large silhouette derrière le volant.

Je ne pus empêcher un sourire de s'étirer sur mon visage.

Et soudain, je me sentis plus légère qu'un ballon d'hélium. Je traversai la rue, ouvris la portière passager et me glissai sur le siège, sans y avoir été invitée.

— Je vous ai manqué, chantonnai-je. Alors, est-ce que nous *sortons* ensemble maintenant ?

Son visage était impénétrable, comme d'habitude, sauf que je surpris le tressaillement de ses lèvres qui m'annonça que ma folie ne le dérangeait pas.

Je me penchai au-dessus du levier de vitesses pour l'embrasser sur la joue, mais il se tourna, m'attrapa la mâchoire de sa large main et stoppa mon approche.

Mon intimité se resserra sous cette prise dominante. Elle n'était pas douloureuse, elle me contrôlait simplement. Il maintint mon visage immobile et l'étudia.

— Tu as l'air fatiguée, poupée.

Il se pencha en avant et je fermai les yeux. Puis je les rouvris pour découvrir qu'il s'était arrêté, à mi-chemin de mon visage, comme s'il se demandait s'il allait m'embrasser ou pas.

— Allons, l'encourageai-je. Ce n'est qu'un baiser.

Ses lèvres tressaillirent de nouveau. Il m'embrassa, juste une fois. Sensuellement, mais malgré tout superficiellement. Comme s'il me donnait une leçon que je ne comprenais pas. Puis il lâcha mon visage.

— J'ai vu que vous aviez rendu visite à mon directeur. Je vous avais dit de ne pas le faire, mais merci.

— Je n'ai rien fait, soutint-il et, pendant un instant, je fus déconcertée.

Je n'avais pas mal interprété la situation, si ?

Puis je percutai. Ce devait être la procédure standard, de ne jamais admettre un crime à voix haute.

— Eh bien, merci pour ce que vous *n'avez pas* fait, dis-je.

Il accepta mes remerciements d'un hochement de tête.

— Je ferai couler cet enfoiré dans le lac Michigan s'il te manque encore de respect.

Je lui lançai mon plus grand sourire et ses yeux se plissèrent bien que ses lèvres ne suivent pas les miennes.

— Vous avez faim ? Il y a cet incroyable resto de tacos juste au coin.

Je pointai le doigt en direction du Pancho's Street Tacos.

— Tu paies ?

— Hum, ouais, dis-je, essayant de calculer rapidement combien de liquide j'avais dans mon portefeuille.

— Je plaisante, dit-il en ouvrant sa portière. Je vais payer. Allons-y.

C'était ridicule à quel point je me sentais excitée. Comme si nous avions un rencard, alors que c'était moi qui l'avais surpris à jouer les rôdeurs après qu'il avait brutalement agressé mon directeur. Mais je ne pouvais pas me résoudre à avoir peur de lui en cet instant. Je ne pouvais pas lâcher l'allégresse qui s'était emparée de moi en le revoyant, en sachant qu'il se souciait assez de moi et de ma situation pour obtenir ainsi justice.

Je l'emmenai au resto de tacos et commandai mes préférés… deux tacos aux crevettes grillées sur des tortillas de maïs.

— Je vais prendre la même chose, dit-il avant de commander deux boissons pour aller avec.

Nous prîmes nos plateaux et trouvâmes une place près de la fenêtre où nous glisser.

Je m'assis et pris une grosse bouchée.

— Humm, merci pour le déjeuner.

Il mordit dans son taco.

— Alors pourquoi est-ce que vous me surveillez encore ? Je croyais que nous étions quittes.

Il haussa les épaules.

— Je m'assure que tu ne quittes pas soudain la ville, ou que tu ne te rends pas, ou autre chose que nous regretterions tous les deux.

— Ce sont des salades. Je vous manquais. Avouez-le.

Ses lèvres s'incurvèrent vraiment.

— Un peu.

Un frisson de plaisir me traversa.

— Beaucoup.

Je terminai mon premier taco et pris le second.

Il ne confirma ni ne nia.

— Est-ce que vous surveillez toujours mon frère ?

Il ne répondit pas, il prit simplement une autre bouchée gigantesque de son taco.

— Laissez-le tranquille, l'avertis-je, très sérieuse désormais, bien que je n'aie aucun argument pour appuyer mon avertissement. Je suis sérieuse. J'ai fait ce que j'étais censée faire.

— Alors il n'y a pas de quoi t'inquiéter.

Il termina son second taco et s'essuya la bouche avec une serviette.

Je pris ma citronnade et en bus une longue gorgée avec la paille.

— Merci pour le déjeuner, répétai-je avant de bondir du tabouret. Je vous reverrai bientôt, mon grand.

Je lui lançai un clin d'œil coquin et balançai mes cheveux alors que je sortais en me déhanchant.

C'était une super sortie et j'appréciais de monter sur mon vélo et de partir en pédalant en imaginant qu'il me regardait toujours. Ce ne fut qu'après que j'avais commencé à pédaler que je me demandais ce qui se serait passé si j'étais restée.

Si j'aurais dû lui donner mon numéro et lui dire de m'appeler la prochaine fois au lieu de me regarder depuis sa voiture.

Puis toutes ces pensées disparurent.

Parce que lorsque j'arrivai à mon appartement, je le trouvai grouillant d'agents du FBI.

Je supposai que la fête était finie.

8

Caitlin

Je leur fis une démonstration complète de ma folie. Tous les agents qui me questionnèrent sortirent en roulant des yeux.

Puis après une nuit passée en prison, et avoir pris conscience que ce pourrait être pour le restant de ma vie, je me refermai complètement.

Plus de discussion. Pas de fofolle. Rien.

Ils en auraient obtenu plus d'un schizophrène catatonique que d'une Caitlin fermée.

Alors, quand je fus appelée hors de ma cellule pour rencontrer mon avocate, j'enregistrai à peine. Je vis vaguement la grande blonde à la poignée de main ferme. Je n'entendis pas ce qu'elle me disait alors qu'elle poussait des papiers sur le bureau.

— Mademoiselle West ? Est-ce que vous comprenez les charges qui sont retenues contre vous ?

Je ne pus me résoudre à répondre.

Elle fronça les sourcils.

— Vous comprenez que je travaille pour vous, n'est-ce pas ? Avez-vous peur de M. Tacone ?

Je clignai des yeux une fois. Deux fois. Que disait-elle sur M. Tacone ?

— Quoi ?

— Est-ce pour ça que vous ne voulez pas coopérer avec moi ?

Je me redressai sur ma chaise et tentai d'écarter avec mes doigts les cheveux en pagaille de mon visage. Je baissai les yeux sur les papiers qu'elle avait posés devant moi. « Lucy Lawrence. » C'était le nom de mon avocate.

— Que se passe-t-il ?

Elle pencha la tête et me lança l'expression signifiant « êtes-vous dingue ? » à laquelle j'étais habituée.

— M. Tacone m'a engagée pour vous sortir d'ici. Êtes-vous prête à entamer la négociation de peine que j'ai décrite ?

Je me raclai la gorge.

— Je suis désolée, est-ce que vous voudriez bien la répéter ?

Elle était patiente avec moi. Maintenant que je me concentrai, je voyais qu'elle était extraordinairement belle et offrait ce parfait mélange d'intelligence professionnelle et de gentillesse humaine qui manquait souvent à ce genre de personnes.

— Vous plaidez coupable en échange de la restitution de la somme montant entière et nous mettons l'accent sur le fait que vous êtes une étudiante de troisième cycle en informatique et que ce n'était qu'une expérience de votre part. Vous ne croyiez pas que cela marcherait vraiment.

Je clignai encore un peu des yeux.

— Je… je ne peux pas rendre l'argent. Il… m'interrompis-je pour me racler la gorge. … n'est plus là.

— M. Tacone va fournir les fonds manquants, dit-elle en me lançant un regard perçant. Et je n'ai aucune information sur cet arrangement.

Le monde recommença à prendre forme autour de moi. J'étais dans une pièce. Avec une avocate que Paolo avait engagée pour me sortir d'ici.

— Oui. D'accord. Où est-ce que je signe ?

— Êtes-vous sûre ?

— Je suis sûre.

J'aurais assurément signé un pacte avec le diable pour rester en liberté. J'étais déjà morte à l'intérieur. Je lui pris le stylo et signai.

Quatre heures plus tard, ils me sortirent de ma cellule, me rendirent mes effets personnels et me libérèrent.

Je clignai des yeux dans la pièce ensoleillée. Je bougeai encore lentement, comme dans de la mélasse, ou peut-être était-ce simplement une impression. J'étais dans une bulle. Il y avait des gens tout autour de moi, mais je ne vis personne que je reconnus. J'enfilai ma veste, agrippai mon sac, passai la porte et sortis au soleil.

Et tombai droit dans les bras de Paolo Tacone.

Paolo

Je serrai Caitlin, mais elle était un poids mort. Il n'y avait aucune vie sur son visage, dans sa posture, dans quoi que ce soit en elle. Cette flamme qui était habituellement si vive en elle était complètement éteinte.

Si j'avais pu remonter dans le temps et trouver un arrangement différent avec Caitlin West, je l'aurais fait. Comment j'avais pu penser que je pourrais la regarder tomber pour le crime qu'elle avait commis parce que je tenais son frère à la gorge, je n'arrivais plus à le comprendre.

Rien n'avait jamais été aussi incongru que de regarder son arrestation diffusée aux informations. Cette photo d'elle affichée à l'écran, l'image d'elle emmenée avec des menottes.

J'étais franchement en rogne que cela ait pris aussi longtemps à mon avocate de la sortir de là.

J'allais sérieusement commettre un meurtre si je découvrais qu'elle avait été maltraitée là-dedans.

— Allons, poupée. Partons d'ici, lui dis-je.

Elle me laissa l'aider à monter dans la voiture. Elle était docile, facile à gérer, peut-être sous le choc.

Est-ce qu'être sous le choc ressemblait à ça ?

— Ça va ? Parle-moi, dis-je alors que je démarrai en trombe et qu'elle se taisait toujours.

— Où on va ? demanda-t-elle mollement.

Cristo, j'aurais fait n'importe quoi pour qu'elle se sente mieux en cet instant.

— Où veux-tu aller ?

— Chez vous.

Son ton était inexpressif, mais je fus soulagé par sa réponse. Au moins, elle ne m'avait pas demandé de la déposer chez elle. Je n'étais vraiment pas prêt à la laisser seule dans cet état.

— De quoi as-tu besoin, poupée ? Tu as faim ?

Elle se tourna pour me regarder, mais je n'eus pas l'impression qu'elle voyait quoi que ce soit. Après un long instant, elle répondit :

— Je veux que vous me fassiez mal.

La vive émotion qui me traversa relevait à la fois du désir et de la peur. Mon corps répondait à sa requête, mais mon cerveau se rebellait. Lui faire mal était la dernière chose que je souhaitais en cet instant. Et cela m'effrayait qu'elle pense en avoir besoin. Mais ouais, je n'allais rien lui refuser. J'aurais donné mon testicule gauche en cet instant si cela l'avait ramenée à la vie.

— Ça m'aide à réintégrer mon corps, expliqua-t-elle.

Je me détendis un peu. D'accord. Elle avait déjà vécu ça. Cela faisait partie du *cirque de Caitlin*[1]. Bien. Je pouvais assurément faire avec.

Je l'emmenai chez moi et l'accompagnai dans la salle de bains où je lui retirai ses vêtements et la plaçai dans la douche.

— Comment tu veux qu'on fasse ?

Je penchai la tête par la porte de la douche. Je me disais que je devais me préparer pendant qu'elle se lavait.

L'eau coulait sur son visage, sur ses seins et son ventre pâles, puis ses jambes minces.

— Une ceinture, s'il vous plaît. Et, Paolo ?
— Oui, poupée ?
— Ne vous arrêtez pas avant que je pleure.

Mon cœur se serra. J'aimais peut-être faire du mal, mais c'était lié à son plaisir. La faire pleurer était tout autre chose.

À l'évidence ce n'était pas un acte qui m'était étranger, mais ça le devenait avec une amante.

Avec quelqu'un à qui je tenais.

Je ne fis pas de promesse, je secouai simplement la tête.

— Ce n'est pas toi qui commandes, si, petite fille ?

Je vis la première trace d'un sourire.

— Parlez-moi durement, mon grand.

Je me détendis. C'était la fille que je connaissais. Et c'était assurément un rôle que je pouvais jouer pour elle. Et pour moi. Pour nous deux.

J'attendis qu'elle soit sortie de la douche et séchée, puis je l'attachai au lit sur le ventre, les bras et les jambes largement écartés. Je pris une large ceinture souple et enroulai l'extrémité avec la boucle autour de mon poing.

— Prête, poupée ?

— Humm, acquiesça-t-elle.

Elle était décontractée… ce qui pouvait être une bonne chose sauf que je m'étais attendu à ce qu'elle soit un peu plus excitée. Ce n'était pas le plaisir post-orgasmique, c'était autre chose.

Il me semblait qu'elle avait dit qu'elle n'était pas dans son corps.

Je lui donnai quelques coups légers avec la ceinture et elle ne tressaillit même pas, alors je lui en infligeai un autre, plus fort.

Elle tressauta, serrant les fesses, donnant des coups de pied dans les cordes que j'avais utilisées pour l'immobiliser.

Ce devait être bon signe. Elle sentait quelque chose, en tout cas.

Je lui donnai un autre coup dur, puis un autre.

Les muscles de son dos se tendirent et elle leva la tête. Ses pieds entravés s'agitèrent encore un peu.

— Ça va, poupée ?

— C'est bon, haleta-t-elle. Vraiment bon.

Je la fouettai encore et encore, en restant assez brutal pour créer des marques, pour la faire hoqueter. Puis, après environ une douzaine à ce rythme, j'allégeai les coups et allai plus vite. Elle remua et se tortilla sous la ceinture, gémissant.

Toujours aucun signe de larmes.

Cazzo, qu'est-ce qu'il fallait pour faire monter les larmes aux yeux d'une masochiste ? Son postérieur était déjà rouge.

Je la cinglai sur l'arrière de ses cuisses, ce qui la fit sursauter et hoqueter, puis retournai à des coups plus légers partout sur son postérieur.

Je m'arrêtai et lui serrai les fesses, les massant et les malaxant. J'enfonçai mes doigts entre ses jambes et goûtai ses fluides.

Rien à faire.

Elle pouvait prendre une pause sexuelle.

J'écartai ses fesses et la léchai du clitoris à l'anus, puis inversement. La position n'était pas géniale, mais je passai la langue sur son piercing et taquinai ses replis autant que possible.

— Tu vas être prise sans ménagement maintenant, petite fille, l'avertis-je.

Elle tourna la tête sur le côté pour me regarder. Ses yeux étaient doux, comme si je venais de dire le truc le plus romantique qui soit.

— Paolo.

Il y avait de la gratitude dans la manière dont elle prononça mon prénom.

Je faillis rire. Les fouets et les chaînes étaient les roses et le chocolat de cette fille. Et ça me convenait.

Je retirai mes vêtements et enfilai un préservatif. Je la laissai attachée et impuissante pour la pénétration, je grimpai simplement au-dessus d'elle et glissai à l'intérieur.

Son sexe étroit se resserra autour de moi, me serrant comme un poing.

Je grognai de plaisir et m'enfonçai profondément. Son corps bondit en avant, mais elle ne se déplaça que de deux centimètres, attachée trop étroitement par les cordes.

Parfait.

J'appuyai mon poids sur mes mains et la chevauchai. Je fermai les yeux, savourant la sensation d'être de nouveau en elle, d'entendre les petits gémissements qu'elle émettait, ses cris.

Mais elle se tut de nouveau.

Ne voulant pas encore la détacher, je me retirai et pris le lubrifiant. La sodomie serait difficile à ignorer.

Je nous lubrifiai tous les deux généreusement et poussai à l'intérieur. J'avais raison, elle recommença à hoqueter et à crier, poussant ces mignons petits sons de douleur et de plaisir qui me rendaient plus dur que de la pierre.

Je la pénétrai, utilisant une main sous elle pour triturer son clitoris en même temps.

Sa respiration devint haletante, ses cris plus bruyants.

— S'il vous plaît, Paolo, supplia-t-elle.

— Jouis, petite hackeuse, ordonnai-je, enfonçant le cône de mes doigts dans son sexe alors que je plongeais profondément dans ses fesses et jouissais.

Ses muscles tressaillirent autour de mes doigts et elle jouit dans un cri étranglé, son anus se resserrant presque douloureusement autour de ma verge.

J'attendis qu'elle ait terminé pour me retirer prudemment et rapporter un gant pour lui faire un brin de toilette. Mais je ne la détachai pas. Peut-être qu'après son orgasme, elle pleurerait.

J'attrapai une spatule en bois dans la cuisine et m'assis près d'elle. La dernière fois qu'elle avait pleuré, c'était en parlant de son père. Je ne pouvais pas me résoudre à lui faire ça. D'ailleurs, je n'aurais seulement pas su quoi dire. J'étais très loin d'être Dr Phil[2]. Je parlai davantage par mes actes.

— Regarde-moi, petite hackeuse.

Elle tourna la tête, ses magnifiques yeux bleus étaient plus ouverts et conscients qu'avant, mais il leur manquait encore leur fougue habituelle.

— Il est temps de me donner tes larmes. Tu me les dois, lui dis-je, ce qui était ou n'était peut-être pas vrai, mais je savais qu'elle aimait quand j'étais autoritaire.

Je lui frappai le postérieur avec la spatule en bois et elle tressaillit, puis se tendit avec délice.

Plus fort, alors.

Je frappai le même endroit avec plus de force et elle inspira brusquement.

— Aïe.

C'était la première fois que j'avais eu un *aïe*.

— Merci, monsieur.

Je la frappai tout aussi fort de l'autre côté.

— Je ne veux pas de tes remerciements. Je veux tes larmes. Pleure pour moi, Caitlin.

Je me mis à la fesser, alternant droite et gauche, l'observant de près alors qu'elle se tendait et retenait son souffle. Puis elle commença à geindre et à avoir des soubresauts.

Malgré tout, cela prenait trop longtemps. Je ne voulais pas continuer à lui faire mal. Elle ne le méritait pas – même si cela n'avait rien à voir avec le mérite.

— Pleure pour moi, Caitlin. Tu ferais mieux de pleurer maintenant, ou je vais te ramener dans cette prison où je t'ai trouvée aujourd'hui.

C'était une chose cruelle à dire mais cela fonctionna. Caitlin s'effondra.

Un sanglot éclata, puis un autre. Je la détachai rapidement et m'installai près d'elle, l'attirant dans mes bras. Elle se pelotonna contre moi, pleurant contre mon torse jusqu'à en être épuisée. Je lui caressai les cheveux, lui embrassant le dessus de la tête.

En espérant que ce soit ce dont elle avait besoin, et que je ne venais pas de causer plus de dommages.

Caitlin

. . .

Paolo Tacone venait de me sauver de l'enfer.

Cet homme venait de me sortir de prison, puis m'avait donné exactement ce dont j'avais besoin pour me défaire du traumatisme. Je posai la tête sur son torse, clignant des yeux.

Toute la terreur et toute la honte s'étaient déversées avec mes larmes. J'étais anéantie, en cet instant. Vidée, mais j'allais bien. Paolo était allongé sur le dos et j'étais contre lui, la tête posée sur son épaule.

Il m'encouragea à lever la tête pour me regarder.

— Tu sembles encore assez absente, poupée. Est-ce qu'il s'est passé quelque chose en prison ?

Je sentis la violence frémir en lui, comme s'il allait trancher des gorges s'il découvrait que j'avais été violée ou quelque chose comme ça.

— Non, lui assurai-je. J'avais simplement peur.

— C'est compréhensible.

Je m'appuyai sur mon bras pour le regarder.

— Pourquoi êtes-vous venu me chercher ?

Je n'étais pas assez stupide pour penser que je ne lui devrais pas une fière chandelle pour ça. Les services n'étaient pas gratuits, surtout avec des mafieux. Mais je voulais quand même savoir pourquoi il s'en était donné la peine. Je n'avais pas demandé d'aide. Il s'était pointé.

Peut-être qu'il voulait que je commence à hacker pour lui régulièrement. Un nouveau plan mafieux.

Son front se plissa.

— Une fille comme toi n'a pas sa place en prison.

Je penchai la tête.

— Une fille comme moi ?

— Tu es comme un incendie... Brûlante. Lumineuse. Une combustion spontanée. Personne ne devrait faire faiblir ta lumière, poupée. Je n'aurais jamais dû laisser cela se produire.

Des papillons s'envolèrent dans mon ventre. Il tenait à moi. Il tenait vraiment à moi.

— J'avais un plan, au début, tu sais ? J'allais te faire peur pour que tu rendes l'argent, puis te laisser partir. Mais ensuite je t'ai rencontrée. Et tu es *toi*. Et j'aurais dû changer ce plan, continua-t-il en secouant la tête, le regret inscrit dans chaque trait de son visage. Je ne sais pas pourquoi je ne l'ai pas fait.

Il effleura ma clavicule du dos de ses doigts. Ce n'était pas un contact sexuel, mais c'était intime, sensuel.

— Tu sais que je n'étais pas sérieux quand j'ai dit que je te ramènerais à la prison, n'est-ce pas ?

— Bien sûr, répondis-je.

Et c'était le cas. Je savais qu'il avait dit ce qui me ferait pleurer, et que c'était pour ça que je chavirais de gratitude. Parce qu'il y avait très peu de personnes dans cet univers qui auraient osé ça.

Mais Paolo était le genre de gars à être original.

Je supposai qu'il fallait être un tueur à gages et un sadique pour me comprendre.

Je ne sais pas pourquoi je pensais que c'était un problème.

J'enfourchai ses hanches, ne me sentant plus vide ni dépourvue d'émotions. Je me sentais de nouveau moi. Toutes les parties de moi... j'étais entière. Le moi fou, le moi intelligent, le moi nymphomane, le moi effrayé, et le moi toujours très reconnaissant.

Je passai mes seins sur son torse, ronronnant.

— Merci de m'avoir sauvée.

Sa verge s'agitait derrière moi, se glissant entre mes fesses. Il était de nouveau prêt. Je me relevai et m'empalai lentement sur sa verge, regardant sa mâchoire se détendre, sentant son membre devenir plus dur et plus épais.

Je balançai mes hanches, le faisant s'enfoncer plus

profondément, et me penchai en avant sur les mains, passant mes seins sur son torse musclé et velu.

— Alors quel est votre plan pour moi, maintenant, caïd ?

Il agrippa mes hanches et commença à diriger, m'attirant sur lui pour que je chevauche sa verge, contrôlant le spectacle.

— C'était plus ou moins mon plan.

Sa voix était rocailleuse. J'aimais bien la manière dont sa respiration tressaillait en expirant.

— Vous allez me garder comme esclave sexuelle ? ronronnai-je.

Bien sûr, cette idée m'excitait… j'étais une petite maso qui aimait être utilisée. Mais seulement en l'envisageant comme une scène perverse à court terme. En réalité, ce pourrait être mon pire cauchemar. Malgré tout, je ne pouvais pas faire preuve d'autant de réserve que j'aurais dû en ressentir à ce moment-là.

— Oui, oui. Sans te manquer de respect, bien sûr. Ça va fonctionner pour toi ?

Je me redressai et le laissai me faire rebondir sur sa verge, mes seins se balançant.

— Pendant combien de temps ?

— Je pense que tu pourrais rembourser ta dette envers moi, un acte sexuel à la fois. Exactement comme ça.

D'accord. Alors j'étais toujours prisonnière. Juste sur une période plus longue maintenant. C'était bon à savoir.

Je passai les ongles à travers les poils sur son torse, grattai légèrement ses mamelons.

— Quel est le tarif en vigueur ?

Il releva les hanches pendant qu'il m'abaissait sur lui, me forçant à le prendre profondément.

— Disons cinq cents dollars par acte sexuel. Et je compterai même toutes les fois où tu m'as fait prendre mon pied la semaine dernière, puisque c'était très généreux de ta part. Surtout si on considère que je te rackettais.

Ma bouche s'étira en un large sourire.

Il ne me le rendit pas, mais il ajouta :

— J'apprécie quand tu souris comme ça. Tu es vraiment chaude, Caitlin.

Puis je voulus désespérément lui plaire. Je tendis les mains derrière moi et pris ses bourses, stimulant sa prostate pendant que je le chevauchai.

Paolo grogna et nous fit basculer, je me retrouvai donc en dessous et lui au-dessus. Il s'appuya sur une main, puis fit des va-et-vient, fixant mon visage comme si j'étais ce qu'il avait jamais vu de plus fascinant.

Je lui pinçai les mamelons. Il me plaqua les mains près de la tête.

— Je ne porte pas de préservatif.

— Je prends la pilule, dis-je automatiquement.

Bien sûr, j'en avais raté deux quand il m'avait kidnappée mais je les avais rattrapées et je pourrais rattraper la pilule manquée de la veille aussi.

— Bien, parce que je veux jouir en toi.

Il ne se soucia pas de mon orgasme cette fois, ce que je trouvais plutôt sexy. Comme si mon plaisir n'était pas son problème, maintenant que j'étais son esclave sexuelle. Cela aboutit essentiellement à ce que je jouis aussi fort que lui, peut-être même plus.

Puis il sourit. Cela transforma l'expression habituellement bourrue de son visage.

Il ne fit pas de commentaire, lança simplement ce sourire affectueux alors qu'il planait au-dessus de moi, toujours enfoui profondément.

Nous nous fixâmes comme si aucun de nous ne savait comment nous en étions arrivés là, mais que nous en étions contents.

Et, rien que pour cet instant, je souhaitais tout oublier : l'université, la prison, la mort de mon père, la famille d'accueil, le soin que je prenais de mon frère. Je souhaitais oublier que Paolo Tacone était un puissant tueur à gages pour la mafia et simplement *exister*.

Être simplement avec lui.

Dommage que la vie soit si compliquée.

Paolo

Caitlin perdit son sourire dès que nous sortîmes du lit. Elle ramassa son téléphone et alla dehors – nue comme un ver, alors qu'il faisait quatre degrés dehors – pour passer un appel. Je la regardai à travers la porte coulissante, faisant le tour du jacuzzi. Quand elle l'ouvrit pour regarder à l'intérieur, je sortis pour retirer la protection.

— Grimpe, lui murmurai-je en lui donnant une tape sur le derrière.

Elle me lança un sourire reconnaissant et s'y précipita, mais le ton de la conversation qu'elle avait était tendu.

— Écoute, tout a été géré. Tu n'as pas besoin de t'en inquiéter, d'accord ? Non, les charges ont été abandonnées, l'argent a été rendu. Tout est bien qui finit bien.

Je rentrai dans la maison pour lui laisser de l'intimité. C'était probablement son frère. Quand j'avais examiné son téléphone le premier soir, c'était le seul numéro qu'elle avait appelé pendant plus d'une minute.

Je me promis d'en apprendre plus sur sa vie… Sa famille, son passé, tout. Maintenant que j'avais décidé de garder mon petit incendie, je voulais savoir tout ce qu'il y avait à savoir.

Je sortis une serviette et la lui laissai. Quand elle rentra, elle était une Caitlin plus saine d'esprit – un côté que je n'avais pas beaucoup vu, mais dont j'avais bien deviné l'existence pour qu'elle soit arrivée là où elle se trouvait – à mi-chemin d'un doctorat en informatique.

— J'étais censée donner mon premier cours en tant que professeure assistante aujourd'hui, dit-elle, comme si tout était perdu.

Mais il était impossible que ce soit un problème. Pas quand désormais le Dr Alden était à mes ordres.

Je pointai son téléphone du doigt.

— Appelle ton directeur. Dis-lui que tu seras là demain.

— Eh bien, ce sera mardi prochain, mais… commença-t-elle en examinant mon visage. D'accord.

Elle appela et je me rapprochai pour écouter. Elle ne portait qu'une serviette, et même si je l'avais déjà pénétrée deux fois, elle m'excitait encore.

Elle leva de nouveau les yeux vers moi, comme pour être rassurée alors qu'elle mettait le téléphone contre son oreille.

— Bonjour, docteur Alden ? Oui, je ne sais pas si vous avez vu les infos ou pas, mais…

— Je les ai vues, dit-il d'une voix tendue. Est-ce que vous appelez de la prison ?

— Non, je suis sortie. Les charges ont été abandonnées. Tout n'était qu'un gros malentendu.

Elle me lança un autre regard et je hochai la tête d'un air rassurant.

— Donc j'ai raté le cours d'aujourd'hui, mais je commencerai mardi, sans problème.

— Sans problème, c'est ça, ronchonna-t-il, mais ensuite il ajouta : Bien. Assurez-vous que ce sera bien le cas.

— Je m'en assurerai, promit-elle.

Je résistai à l'envie de choper le téléphone dans sa main pour dire au Dr Alden qu'il ferait bien d'adoucir son fichu ton quand il parlait à ma fille, mais je laissai tomber.

Caitlin raccrocha et tomba contre moi, pressant son corps contre le mien. J'enroulai un bras autour d'elle. Mais son front se plissa de nouveau.

— Hum, je dois rentrer à la maison, dit-elle en me lançant un regard suppliant. Je suis très en retard dans mes devoirs et…

Je levai une main.

— N'en dis pas plus. Tu n'es pas ma prisonnière, poupée. Je vais te ramener.

Je fus agacé par son soulagement, cependant, comment aurait-elle pu savoir qu'elle n'était pas prisonnière cette fois ? J'étais le genre de gars qui laissait exprès les gens dans l'ignorance de leur position et de mes intentions.

J'avais passé toute ma vie à cacher ce qui était important pour moi derrière la violence et les menaces. Je ne savais même pas comment m'ouvrir à quelqu'un. Ma famille, elle, me connaissait. La communication n'était pas requise.

Mais j'avais le pressentiment que je serais complètement à côté de la plaque avec Caitlin si je ne trouvais pas comment gérer ce bazar.

Le problème était que je ne savais même pas par où commencer.

Caitlin

Je n'eus pas de nouvelles de Paolo pendant deux jours, ce qui était un soulagement parce que j'avais beaucoup de choses à rattraper et d'explications à donner avec mes cours et mon travail à la salle de sport.

Cela ne signifiait pas que je ne pensais pas à lui à chaque seconde de la journée, me demandant quand il allait réapparaître.

Si seulement il serait assis dans la salle de séjour quand je rentrerais à la maison. Ou s'il m'épiait. J'avais eu l'impression, avant que le FBI ne vienne me chercher, que j'étais surveillée. À ce moment-là, j'imaginais que c'était eux, mais après le truc avec le Dr Alden, j'avais commencé à me demander si ce n'était pas Paolo.

Et pendant tout ce temps, j'entendais le hurlement d'avertissement qui résonnait à propos de toute cette situation. J'avais littéralement couché avec un tueur. Je lui devais deux cent mille dollars, que j'allais rembourser une fellation à la fois.

Les choses risquaient de mal tourner en un instant.

Lors du troisième soir, je rentrai de mon cours de danse cardio et découvris que mon appartement avait été complètement vidé.

Je me tenais dans l'embrasure de la porte, le cœur battant alors que j'essayais de comprendre ce qui s'était passé.

Était-ce un message de Paolo ? Est-ce qu'il avait l'impression que je ne m'étais pas rendue disponible, si bien qu'il avait pris toutes mes affaires ? Ou est-ce que le FBI était revenu ? Non, ça n'avait pas de sens.

— Oh hé, poupée, me salua Paolo en apparaissant derrière moi, sa grande main recouvrant le creux de mes reins. J'ai déménagé tes affaires. Viens.

— Déménagé où ? demandai-je faiblement.

Il me prit mon vélo des mains et le porta dans la cage d'escalier, descendant devant moi.

Dehors, il tendit le vélo à un jeune Italien se tenant à

côté d'une Escalade rouge étincelante garée au coin de la rue.

— Emmène ça aussi, dit-il au gars.

— Que se passe-t-il, Paolo ?

Nous rejoignîmes sa voiture et il m'ouvrit la portière passager.

— Monte.

Je me tordis les mains dans la voiture. Est-ce qu'il me faisait emménager chez lui ? C'était bien trop loin du campus, et je ne conduisais pas. Vivre là-bas serait compliqué. Et puis… j'avais peur. Je ne savais pas ce que ça signifiait d'être consumée par Paolo Tacone.

Mais le trajet ne fut pas long. À un kilomètre et demi, il se gara dans un immeuble rénové haut de gamme où j'étais sûre que les appartements coûtaient cinq fois le prix du mien.

— Que se passe-t-il ? redemandai-je à Paolo, mais il refusa encore de répondre.

Le mec avec mon vélo apparut derrière nous, et Paolo le lui prit des mains et lui tendit une liasse de billets.

— *Grazie*, Adam.

Sérieusement, j'aurais pu pédaler jusqu'ici et il aurait pu me donner cet argent.

— Viens, petite hackeuse.

Paolo porta mon vélo à l'intérieur et nous prîmes l'ascenseur, qui monta au sixième étage. Là, il déverrouilla la porte d'un appartement.

Il était charmant, avec du parquet brillant, des baies vitrées donnant sur la rue, un canapé en cuir avec deux sièges inclinables et un fauteuil assorti en face d'une télévision à écran plat géante. Il y avait un joli tapis devant.

Mon bureau et mon panneau d'affichage se trouvaient contre un mur, avec mon équipement informatique installé.

— Que se passe-t-il ? essayai-je encore une fois.

— Je t'ai déménagée. Je n'aimais pas l'autre logement. C'était un taudis loin d'être assez sûr pour toi, expliqua-t-il en s'avançant pour s'étaler sur le canapé onéreux. Qu'est-ce que tu en penses ?

Génial. J'essayai d'effacer le froncement de sourcils de mon visage. Oui, il avait le droit de me faire déménager. Ce gars me possédait.

Alors je devais bien montrer un peu de gratitude. Faire diminuer mon ardoise de cinq cents dollars.

Je m'approchai et me mis à genoux devant lui, tendant la main vers sa verge.

Il attrapa mon poignet.

— Attends, petite fille.

Je levai les yeux, examinant son visage à la recherche d'indices sur ce qu'il voulait, sur ce que j'avais mal fait.

— Ce n'est pas que je ne veux pas que tu me fasses une fellation, dit-il en se penchant pour écarter des mèches de mon visage. J'en ai toujours envie, poupée. Mais j'ai l'impression que tu n'as pas aimé ma surprise. Qu'est-ce qui se passe ?

J'aspirai l'intérieur de ma joue en réfléchissant à ce que je devais dire.

— C'est assurément une surprise, dis-je prudemment. Mais le truc, c'est que je ne pourrais jamais me permettre un endroit pareil toute seule. Alors j'abandonne mon logement étudiant pas cher – après avoir dû utiliser de sacrées compétences en piratage pour m'assurer de gagner le tirage au sort quand il s'est libéré –, mais que se passera-t-il ensuite, quand ce sera fini entre nous ?

Paolo s'immobilisa complètement. Il ne montrait jamais grand-chose, mais je voyais bien que ce que j'avais dit l'avait contrarié.

— Que veux-tu dire, « quand ce sera fini entre nous » ?

Et c'est ainsi que cela me frappa... Paolo Tacone pourrait bien ne pas lâcher prise.

Et je ne savais pas pourquoi cela me faisait encore plus peur que notre arrangement actuel.

Il prit mon menton et l'inclina pour examiner mon visage.

— Permets-moi de te demander quelque chose... Est-ce que tu gardes un suivi ?

Garder un suivi. Il parlait de l'argent que je lui devais.

Je hochai la tête, même si j'étais presque sûre que cela allait l'énerver.

Ce fut le cas. Il me lâcha abruptement et se leva, passant au-dessus de moi pour faire les cent pas vers la fenêtre. Dans le reflet, je le regardai frotter de la main son début de barbe et fixer les voitures en bas.

Mince.

J'étais dépassée. Je ne savais pas ce qui se passait dans sa tête, ni si je voulais seulement le savoir.

Mais je comprenais que je venais de le blesser.

Un exploit que je n'avais pas cru possible jusqu'à cet instant.

Je m'approchai et lui touchai le bras.

Il le retira brusquement et je tressaillis, mais il ne faisait que le déplacer pour le passer autour de moi. Je me détendis, le laissai faire et il m'attira près de lui.

— Tu as peur de moi.

Il semblait stupéfait, comme s'il n'avait pas envisagé cette possibilité. Je supposai que j'avais bien réussi à le cacher. Mon cinéma trop familier l'avait happé.

Je ne pouvais pas répondre, parce que je ne voulais pas reconnaître ce qui était à l'évidence une idée offensante pour lui.

Il me lâcha et secoua la tête.

— Est-ce que tu veux te retirer de notre arrangement ?

Cela me coupa le souffle. C'était une question simple. Et étant donné que j'avais gardé un suivi, on aurait pensé qu'y répondre serait facile. Mais quand j'ouvris la bouche, rien n'en sortit.

— Non, dis-je finalement d'une voix rauque.

Il haussa les sourcils comme s'il ne me croyait pas.

— Non ? Je peux trouver un autre moyen pour toi de me rembourser. Travailler pendant deux ans comme informaticienne au casino quand tu seras diplômée. Tu n'auras même pas à me revoir. Est-ce que tu préférerais ça ?

Pourquoi est-ce que mon cœur se brisait à ses questions ? J'aurais dû bondir sur cette offre. C'était bien plus sûr, bien plus raisonnable.

À la place, je passai les bras autour de son large torse.

— Je ne veux pas sortir de cet arrangement. Mais j'ai peur.

Il glissa les doigts dans mes cheveux et prit tendrement ma tête. Il leva mon visage et appuya son front contre le mien.

— Mais tu aimes bien avoir peur, n'est-ce pas, petite hackeuse ?

Un léger rire franchit mes lèvres. Encore une fois, j'étais surprise par la facilité avec laquelle il voyait mes excentricités.

— Vous m'avez eue.

Son pouce se déplaça derrière mon cou, le caressant.

— Je croyais que nous nous comprenions, dit-il, son regard sombre brûlant mon visage. Avais-je tort ?

Je secouai la tête. Parce que mes angoisses avaient fui. C'était illogique et surréel, mais en cet instant, je croyais comprendre Paolo Tacone parfaitement. Et je croyais qu'il me comprenait.

C'était quand j'étais loin de lui que je me rendais

compte que rien de tout ça n'était sain, sûr ou consensuel. Rien de tout ça n'avait de sens.

Il passa le pouce sur ma lèvre inférieure, puis me pencha la tête en arrière et baissa la sienne pour me frôler les lèvres des siennes.

— Soyons clairs une fois pour toutes. Je suis brutal. J'aime dire que je te possède, te donner des ordres et te rappeler ce que tu me dois. Mais tout ça t'excite. Ai-je tort ?

— Non.

— Tu aimes bien que je te possède.

J'hésitai.

Ses yeux se plissèrent alors qu'il m'étudiait.

— Qu'est-ce que je loupe ?

— Rien. Non, vous avez raison. Mais ce que je pense être sexy et ce que je pense être malin ou sûr ne sont pas nécessairement les mêmes choses.

Il passa la main derrière ma nuque.

— Bébé, je ne t'ai jamais blessée.

— Vous m'avez kidnappée et avez utilisé mon frère pour obtenir une rançon.

Il pencha la tête sur le côté.

— Eh bien, tu l'as cherché. Tu m'as volé.

Un gloussement s'échappa de mes lèvres. Cet homme était peut-être aussi dingue que moi.

— C'est vrai, concédai-je en posant les mains sur son torse et me rapprochant. Alors de quoi parlons-nous vraiment ? C'est plus qu'un accord financier ?

Il me lâcha et se frotta le front.

— Est-ce que tu veux que ça le soit ?

Je lançai mon regard dans la pièce comme si la réponse pouvait apparaître quelque part sur les murs fraîchement peints.

— Je… je ne sais pas. Enfin, je ne sais même pas ce

que je pourrais apporter de plus. Je suis juste une hackeuse folle qui fait de bonnes fellations.

— Je sais que tu n'es pas folle, dit-il en m'examinant. Qu'est-ce que j'apporte en dehors d'un peu d'argent et de pain sur la table ?

Il haussa les épaules.

— Peut-être que j'ai besoin de quelqu'un à qui faire mal, quelqu'un qui se soumet. Tu aimes la douleur. Et ouais, tu tailles d'excellentes pipes de tous les diables. C'est une association parfaite.

Je me mis à rire et soutins son regard alors que je me mettais à genoux. Ses narines se dilatèrent quand je débouclai sa ceinture. Sa verge enfla dès que je la touchai, s'allongeant et s'agitant quand elle se libéra de son boxer. Je léchai lentement et tranquillement le gland.

— Caitlin, ce n'est pas une transaction pour moi.

Sa voix était tendue… que ce soit à cause de la pipe ou de la difficulté de m'avouer quoi que ce soit, je ne savais dire.

Je le pris profondément dans ma bouche en guise de réponse.

Mais il persista.

— Est-ce que ça l'est pour toi ?

J'agrippai la base de sa verge et serrai fort, retirant ma bouche. Je secouai la tête.

— Tu m'as manqué après le kidnapping.

Ses lèvres s'incurvèrent et il m'agrippa l'arrière de la tête, me donnant de nouveau son membre à avaler.

— Tu m'as manqué aussi, *bella*.

Je luttai contre sa main jusqu'à ce qu'il me libère et je me retirai avec un bruit.

— Alors est-ce que je suis ta petite amie ? Est-ce que tu iras voir d'autres femmes en même temps ?

Il haussa les sourcils, et l'amusement qui se lut sur son visage m'énerva.

— Est-ce que ça te dérangerait ?

Je me levai, la pipe officiellement terminée.

— Je ne joue pas les maîtresses, dis-je d'un ton cassant en me détournant.

Il m'attrapa le bras et m'attira dans un baiser brutal. Sa langue se pressa entre mes lèvres, ses dents me mordillèrent. Quand il me relâcha et reprit son souffle, il dit :

— Il n'y aura personne d'autre. Les Tacone ne donnent pas dans les maîtresses. Une fois que nous nous décidons sur une femme, nous sommes loyaux à mort.

J'absorbai cette pépite, fascinée par tout ce qu'elle évoquait. Il venait d'une famille d'hommes violents mais loyaux. C'était sexy d'une manière primaire et brute.

À ma grande surprise, il se mit à genoux et baissa mon pantalon de yoga. Sa langue plongea entre mes cuisses et je criai, agrippant ses cheveux. Il tritura et passa la langue sur toutes mes parties sensibles jusqu'à ce que j'essaie de grimper sur son visage.

— Enlève tes vêtements, ordonna-t-il quand je commençai à tirer sur ses cheveux. Va voir ton nouveau lit.

Je gloussai et retirai mes chaussures et mon pantalon avant de courir vers la chambre. Un énorme lit *king size* à baldaquin était installé en plein milieu de la grande et charmante pièce. J'attrapai une des colonnes et en fis le tour pour lui faire face quand il entra à grands pas derrière moi comme le prédateur qu'il était.

— Est-ce que c'est pour m'attacher ?

— Tu sais bien que oui, dit-il en frappant mon postérieur nu. Pourquoi portes-tu encore des vêtements ?

Je retirai précipitamment mon pull, mon *crop top*, ma brassière et grimpai sur le lit.

— Mets-toi sur le dos. Écarte les jambes.

Pendant un instant, il me regarda tout son soûl, ses yeux sombres étincelant de promesse. Puis il sortit plusieurs longueurs de corde souple de sa poche – il avait dû prévoir mon bondage à l'avance – et m'attacha les membres en croix sur les colonnes. Le plaisir coulait dans mes veines avant même qu'il ne me touche et, quand il retourna à son exploration de mon intimité avec sa langue, je me sentais déjà à moitié perdue.

Trois orgasmes plus tard, je tremblais et le suppliais d'arrêter.

— Je n'en peux plus. S'il te plaît, Paolo. Je ne peux plus le supporter. Laisse-moi te prendre dans ma bouche.

Il rit cruellement.

— La prochaine fois, je t'attacherai avec la tête tournée vers le pied du lit, puis je te baiserai la bouche. Ça te plairait, n'est-ce pas, petite esclave ?

— Oui, oui.

À ce stade je délirais. Mais il avait raison, j'aurais adoré ça.

Il me détacha et grimpa au-dessus de moi. J'enroulai les jambes autour de son dos quand il me pénétra et utilisai mes talons pour l'attirer plus profondément.

Il se balança contre moi, et même si j'étais déjà épuisée après tous ces orgasmes, mon corps frissonnait et célébrait cette pénétration.

— J'aime bien cet appartement, avouai-je.

Je tentai de me concentrer sur mon environnement.

— J'aime bien le lit aussi.

Il remonta mes genoux vers mes épaules et effectua en moi des va-et-vient comme une rafale de mitrailleuse. Puis il changea de place et posa mes chevilles sur ses épaules. Finalement, il me retourna sur le ventre et termina de me pénétrer par-derrière.

— Je ne peux plus bouger, grognai-je après qu'il eut joui, parce que mon corps était aussi amorphe qu'une poupée de chiffon.

Paolo s'assit sur le lit et me mit à plat ventre sur ses genoux. Il me fessa durement et rapidement, ce qui me réveilla instantanément.

— Aïe !

Je tendis la main en arrière pour me couvrir le postérieur.

Il attrapa mon poignet et le plia derrière mon dos, continuant à me fesser.

— Je t'ai vu encaisser bien pire.

— Pas après autant d'orgasmes ! protestai-je. Je suis bien plus sensible maintenant.

— Vraiment ? Je ne savais pas ça.

— Oui ! C'est un fait.

J'essayai de me couvrir de l'autre main, serrant les fesses et agitant les pieds en gardant les jambes droites comme une nageuse.

— Qu'est-ce que j'ai fait, de toute façon ?

— Tu n'as pas à faire quoi que ce soit pour être fessée, petite fille. Parfois, j'ai juste envie de faire mal.

Je souris. Parce que malgré mes protestations, c'était un bonheur total pour moi. C'était vraiment un homme qui parlait ma langue.

— Heureusement que ça marche pour moi.

— Heureusement.

Cet homme était le rêve de tous les masochistes, mais il était impossible que je lui pointe la scène BDSM pour qu'il découvre qu'il y avait toute une flopée de soumises comme moi qui offriraient volontiers leurs corps à ce parfait et riche dominant.

— Je n'arrive pas à croire qu'aucune fille ne se soit

accrochée à toi avant pour que tu deviennes son *sugar daddy*.

Il me donna deux tapes sur le postérieur… une sur chaque fesse.

— C'est ce que je suis, maintenant ?

Je gloussai.

— Eh bien, tu m'as pris un nouvel appartement.

Il passa la main dans mes cheveux et tira pour que je me cambre, puis attira mon visage.

— Je suis heureux de pouvoir te gâter, poupée, si c'est ce qui te plaît.

Je me mis à mouiller, même si je n'étais pas du genre à devenir folle à cause de l'argent. Je m'étais débrouillée avec très peu depuis que je m'étais émancipée à l'âge de seize ans. Mais nous venions de dire que ce n'était pas une transaction.

— Je ne suis là que pour le sexe, dis-je avec un sourire impertinent. Et parce que tu me possèdes.

Il me frappa l'arrière des cuisses, ce qui déclencha de sérieux coups de pied de ma part.

— Je te possède, oui. Et je vais en tirer tous les avantages.

Il passa le pouce entre mes fesses et je les serrai encore plus fort.

— Qu'est-ce qui se passera si on se sépare ?

— Quoi ?

Il me souleva pour que j'enfourche ses cuisses et m'écarta les cheveux du visage.

— Avec l'argent ? L'arrangement ? Que se passera-t-il alors ?

— Alors nous passerons un nouvel arrangement.

Je me sentais encore méfiante, sinon vraiment alarmée. Mon bon sens pensait toujours que je devais prendre mes jambes à mon cou en cet instant.

— As-tu déjà frappé une femme ?

Il fallait que je sache si ce gars serait violent avec moi, quand il deviendrait jaloux ou que nous nous disputerions.

— Quoi ?

Ses sourcils se froncèrent, ses narines se dilatèrent.

Je l'avais vraiment offensé.

— Jamais, répondit-il en secouant énergiquement la tête. Je ne frapperais jamais une femme. Pour aucune raison, en dehors de celle que tu connais déjà.

Il étreignit mon postérieur pour me faire comprendre de quoi il parlait.

Je pris une inspiration. Caitlin la Folle voulait que tout soit réglé ouvertement.

— As-tu déjà tué une femme ?

— Non. Mais je ne réponds pas à des questions comme ça, Caitlin. Ne me repose plus jamais de questions sur quoi que ce soit d'illégal. Je ne répondrai pas… pour ta propre protection. *Capiche* ?

Un frisson me parcourut l'échine, mais loin d'être effrayée, j'étais simplement plus excitée. Mes mamelons durcirent. Je ne savais même pas pourquoi cela m'émoustillait. Il était dangereux, mais il vivait selon ce code. Il ne faisait pas de mal aux femmes. Il ne parlait pas de ce qu'il avait fait.

C'était très différent de la manière dont mon père se vantait avec insistance des petites opérations auxquelles il participait.

J'amorçai le baiser, cette fois, et il me laissa mener, resserrant ses doigts sur mon dos.

— Je suis désolée de t'avoir offensé tout à l'heure, dis-je.

Il secoua la tête.

— Je n'étais pas offensé.

Mais je savais que c'était faux. Et maintenant que

j'avais aperçu l'homme sous le dur à cuire, je me sentais plus à l'aise avec notre arrangement.

Notre relation.

Avec le fait d'être sa petite amie.

J'étais encore nerveuse. J'avais encore des réserves, la principale tournant autour de la mort de mon père. Comme... Est-ce qu'un de ses frères l'avait fait ? Un de leurs hommes de main ? Il m'avait déjà prévenue qu'il ne me le dirait pas s'il le découvrait. Pouvais-je vraiment ouvrir mon cœur, dans une vraie relation, à un homme dont la famille était responsable de la destruction de la mienne ?

C'était une grosse difficulté à surmonter.

Mais je pouvais essayer.

---

1. NdT : En français dans le texte.
2. NdT : Phil McGraw est un ancien psychologue américain, présentateur de sa propre émission télé, *Dr Phil*.

9

Paolo

— Prends ça !

Caitlin, nue, sautait sur place sur le lit, me lançant des oreillers. Quand elle fut à court de missiles, je la taclai contre le matelas et lui donnai la fessée.

Cela faisait deux semaines que nous avions commencé notre arrangement. Je n'étais pas le genre de gars qui avait déjà vraiment envisagé le bonheur, mais je pensais l'avoir trouvé. Je partageais mon temps entre l'appartement de Caitlin et ma maison, essayant de lui laisser suffisamment de temps pour étudier et donner ses cours et, bien sûr, faire du sport, parce que c'était des choses qu'elle appréciait.

Et le reste du temps, je faisais de mon mieux pour la gâter avec de la nourriture, du sexe, des expériences. Je gardais son porte-monnaie rempli d'argent, même si elle n'en dépensait pas beaucoup.

— C'est le week-end, que pourrions-nous faire ?

demandai-je en mordant son épaule. Tu as beaucoup de travail ?

— J'ai toujours du travail, mais faisons quelque chose. Allons… s'interrompit-elle dans un hoquet. Je sais !

Je la retournai vers moi pour voir son visage.

— Quoi ?

J'y lus de l'incertitude.

— Hum, veux-tu aller à Las Vegas ?

Je glissai mes doigts entre ses replis humides.

— Et toi ?

Elle serra les cuisses autour de ma main.

— Eh bien, dit-elle le souffle court. Je n'y suis jamais allée. Et j'ai entendu dire qu'il y a ce super casino là-bas.

— Oui, mais j'ai entendu dire qu'ils ont une cybersécurité pourrie.

Je haussai les sourcils.

Elle tortilla les hanches quand je plongeai un doigt dans son sexe humide et chaud.

— Oh, je pense qu'elle a été sérieusement renforcée. Mais hum… est-ce que tu penses qu'ils me laisseront entrer ?

Je reniflai d'un ton dédaigneux.

— C'est chez moi, poupée. Personne ne te jettera dehors. Allons-y.

— Vraiment ?

Elle se précipita hors du lit et hors de ma portée, filant déjà vers le placard pour en sortir une valise violette ridicule.

— Je n'y suis jamais allée, continua-t-elle. J'ai toujours voulu y aller. Je suis excitée !

Je souris. La chaleur dans ma poitrine était une sensation nouvelle. Tout ça l'était. Son excitation, sa réceptivité, son rire. Je n'avais jamais rien eu de pareil avant et c'était très agréable. Je pouvais voir toutes les parties de Caitlin maintenant : la folle, l'amusante, la sérieuse, la travailleuse. Et toutes me charmaient.

Plus elle se sentait en sécurité avec moi, plus sa folie s'adoucissait en une joie et un enthousiasme enfantins.

Je m'assis et la regardai faire sa valise alors qu'elle me bombardait de questions sur ce dont elle aurait besoin.

— Un maillot de bain ?

Je hochai la tête.

— Il y a trois piscines. Toutes chauffées.

— Des vêtements chics ? Des vêtements sexy ?

— Tout est permis. Qu'est-ce t'amuserait, petite hackeuse ?

— Que dis-tu de ça ?

Elle leva une robe rouge vif avec des bandes de tissu rouge transparent sur le ventre, le col et les bras.

— Elle est parfaite. Être sexy, c'est toujours dans l'air du temps à Las Vegas.

Je pris mon téléphone et nous trouvai le prochain vol en première classe partant de Chicago.

Deux heures plus tard, nous étions dans les airs.

Caitlin bondissait pratiquement sur son siège, ses doigts entrelacés aux miens. Elle se pencha et me passa sa langue dans l'oreille.

— Est-ce que tu fais partie du club du septième ciel ?

— Est-ce que tu en as envie ?

Elle hocha la tête. Je n'allais pas lui dire que cela avait déjà été le cas pour moi – avec une strip-teaseuse lors d'une fête dans un jet, une fois –, pas alors qu'elle était tellement excitée. Je lançai un coup d'œil autour de nous, puis vers les toilettes.

— Tu sais quoi ? Je vais nous réserver un jet privé pour

le vol de retour. Nous ne tiendrons jamais dans ces toilettes et je ne laisserai personne te voir faire quoi que ce soit ici.

— Un jet privé ? Tu es sérieux ?

Je lui pinçai le menton et attirai son visage vers moi pour l'embrasser.

— Si tu es une gentille fille.

— Je serai une gentille fille, ronronna-t-elle. Ou une vilaine fille. Comme tu veux.

— Je te veux dans toutes les configurations, lui dis-je.

Caitlin

Je n'avais jamais été en vacances, sauf pendant un été au chalet de nos grands-parents. Trevor et moi avions l'habitude de passer toute la journée là-bas à faire du bateau sur le lac, à jouer dans la forêt, à attraper des grenouilles et des poissons.

Quand mon père était mort, le chalet nous avait été légué, mais nous n'y étions pas beaucoup allés. C'était difficile quand aucun de nous n'avait le permis pour s'y rendre.

Mais Las Vegas était tout ce que je m'étais imaginé : des lumières vives, des gens partout, quelque chose d'intéressant à regarder dans la moindre direction.

Le Bellissimo était incroyable. Un portier se précipita pour ouvrir la portière de la limousine quand nous arrivâmes. Il me prit la main et m'aida à descendre de la voiture.

— Bienvenue, monsieur Tacone, dit-il en inclinant la tête quand Paolo sortit. Je vais faire monter tout de suite vos bagages dans votre suite.

Il lui tendit une enveloppe avec une clé de chambre.

Paolo prit la clé et posa la main au creux de mes reins, me guidant dans le hall. Le Bellissimo lui-même était plus petit que bon nombre des autres casinos sur le Strip – ça ressemblait davantage à une boutique, ce qui était ce qui le rendait si populaire. Il était luxueux et chic à l'intérieur, avec du marbre italien partout, et un pont arc-en-ciel composé de vraies fleurs. J'ouvrais des yeux probablement aussi grands que des soucoupes alors que nous entrions.

Il me traversa l'esprit que je devais me comporter comme une adulte – comme si je n'étais pas si impressionnée que ça et que je voyageais tout le temps. Mais avec Paolo, je n'y étais pas obligée. Je pouvais être Caitlin la Folle, et il pensait que j'étais mignonne sans me sous-estimer.

Alors je lui lâchai la bride pour courir et explorer.

Notre chambre était tout en haut : au vingt-sixième étage et plus grande que tout mon appartement. C'était une suite qui comportait une salle de séjour, une cuisine et la salle de bains la plus luxueuse que j'avais jamais vue, incluant un jacuzzi géant et une douche à l'italienne avec deux pommeaux.

— Le dernier dans la douche est un œuf pourri ! criai-je en retirant mes vêtements.

Paolo se joignit à moi, sans se presser ou lambiner. Simplement à sa manière habituelle, régulière, solide et imposante. Il remplissait la cabine de douche géante et elle sembla immédiatement d'une taille plus normale.

Je me mis à genoux et, en remerciement, je lui fis ma meilleure fellation. Il m'agrippa la tête, mais son contact était doux. Il me massait le crâne tout en me déplaçant sur sa verge.

— Caitlin…

J'essayai de lever les yeux à travers le jet d'eau et il fit écran de son dos pour l'empêcher de toucher mon visage.

— Tu es magnifique, poupée. Tu tailles les meilleures pipes, dit-il, perdant déjà son sang-froid. Tu vas avaler comme une gentille fille ?

Je hochai la tête et massai ses bourses qui se tendaient, prêts à se vider. Il jouit et me releva. Il m'embrassa si fort que j'en perdis le souffle. C'était un baiser violent qui prenait possession de moi, me laissant flageolante sur mes jambes. Quand il lâcha mon visage et me caressa le clitoris, je frissonnai, au bord de l'orgasme.

— Ne jouis pas, murmura-t-il.

Je fis la moue.

— Le déni d'orgasme, c'est méchant.

Il haussa les sourcils.

— Ça existe ? ... Bien sûr que ça existe.

Bon sang ! J'étais idiote de le lui avoir dit.

— Tu vas assurément devoir attendre, alors.

Il retira ses doigts de mon intimité et je faillis pleurer.

— Non, non, non, non, suppliai-je. Ne me fais pas attendre, je vais devenir folle.

Je vis une pointe de sadisme dans son sourire.

— Bien, dit-il en me tapant sur le postérieur. Maintenant, va te préparer, pour que je puisse te faire visiter.

Je sortis de la douche et enroulai un des peignoirs chics autour de moi pour aller dans la chambre. Mon corps était en feu à cause de l'*edging*[1] et je bondis sur place pour libérer un peu d'énergie.

Peut-être que c'était tout ce dont j'avais besoin pour m'assurer de ne plus jamais entrer en dissociation. Simplement contrôler mon orgasme le matin avec un vibro comme mesure préventive. Je souris à cette idée.

On frappa à la porte. Comme Paolo était encore dans la douche, j'allai répondre.

Une version plus jeune de Paolo se tenait sur le seuil. Il était incroyablement séduisant, et son aura était lisse, débonnaire et sophistiquée, là où celle de Paolo était brute et rude.

Ses sourcils se levèrent brusquement quand il me vit.

— *Oh.* Je ne savais pas que Paolo avait une invitée.

Oh mince. Et j'étais la fille qui avait volé cent cinquante mille dollars à sa famille. J'espérais qu'il était aussi indulgent que Paolo.

Je lui tendis la main, toujours humide après la douche.

— Bonjour, je suis Caitlin.

Je semblais trop enjouée. Caitlin la Folle était de sortie et je ne le souhaitais pas. Je voulais être normale, sympathique.

Dans la salle de bains, l'eau s'arrêta. Je priai pour que Paolo arrive et arrange ça avant qu'on ne me jette dans le lac Mead.

— Attends… Caitlin *West* ?

De sa voix suintait l'incrédulité. Ou le choc.

Mince.

Paolo m'avait dit qu'on ne me jetterait pas dehors, mais je ne savais pas si son frère était sur la même longueur d'onde.

— Un seul mot mal placé et je te défonce la tronche, gronda Paolo depuis la porte de la chambre.

Il ne portait rien d'autre qu'une serviette enroulée autour de la taille et il n'aurait pas pu être plus évident que nous venions de nous doucher ensemble.

Le regard de son frère passa de Paolo à moi, puis retourna vers lui, avec une expression d'intérêt manifeste. Il s'appuya contre le chambranle de la porte.

— Je *vois*.

— Je suis sérieux.

Paolo s'avança d'un pas raide.

— Je ne dirai rien, indiqua son frère doucement, levant les mains en reddition. Mais pour info, tout ce qu'il aurait fallu, c'est un peu de communication, Paolo. Envoyer un texto rapide : « La hackeuse est ma fille maintenant, traite-la avec respect... » C'est tout.

— Va te faire voir, *stronzo*.

— Oui, va te faire voir aussi, répondit-il, mais son ton était bon enfant et les deux hommes se serrèrent la main. Je te serrerais bien dans mes bras, mais on dirait que tu es un peu mouillé.

Il me tendit la main.

— Je suis Stefano. Le frère de Paolo.

— Mon petit frère, rectifia Paolo.

— Je vois ça.

Je lui serrai la main.

— Profite bien de ton séjour au Bellissimo.

Il sortit un jeton de poker du Bellissimo de sa poche et me le tendit. Mes yeux sortirent de leurs orbites quand je vis « 500 dollars » imprimé au milieu. Peut-être qu'il ne me gardait pas rancune.

À Paolo, il dit :

— Je suppose que tu n'as pas le temps pour un dîner en famille ?

Paolo me lança un coup d'œil.

— Si, ça serait bien, en fait. J'ai besoin de vous parler, à toi, Nico et Vlad.

Un picotement descendit le long de mon échine. C'était clairement quelque chose que je ne pouvais pas entendre. Était-ce à mon sujet ? Non, je redevenais paranoïaque. Il n'allait rien se passer.

Stefano pencha la tête comme s'il était surpris, mais il sortit son téléphone.

— Je vais envoyer un texto à Alessia pour arranger ça. Ce soir ? Demain ?

— Demain. *Grazie*, Stefano.

Il ajouta quelque chose d'autre en italien que je ne comprends pas et Stefano ferma la porte.

— Ça va ? Est-ce qu'il t'a offensée ?

Je levai le jeton de cinq cents dollars.

— Je suppose que c'est bon.

L'expression de Paolo se fit indulgente.

— Tu pourras parier à cœur joie, poupée. On s'occupe de tout.

J'avais envie de le sucer de nouveau, mais l'*edging* me donnait de l'énergie, et puis j'avais hâte de descendre pour voir le casino, alors je me hâtai de mettre ma robe rouge et de me sécher les cheveux.

Deux heures et trois cocktails maison plus tard, j'étais sérieusement pompette, et j'avais mille six cents dollars. Mon cerveau codeur était à fond sur la roulette. Il y avait des règles faciles pour gagner. Je pariai rouge – pour la robe porte-bonheur – chaque fois. Si je perdais, je doublais le pari la fois suivante. La seule manière que cette méthode ne fonctionne pas, c'est si vous étiez à court d'argent avant de le regagner. Heureusement, ça n'était pas arrivé. Je n'étais pas sûre que Paolo permettrait que ça arrive. Il se tenait derrière moi à jouer le *sugar daddy*, me protégeant, me commandant des verres, émettant de petits grognements d'approbation chaque fois.

La serveuse s'approcha et me tendit un autre verre, mais Paolo me le prit.

Je passai le bout de mon doigt sur la veste de son beau costume italien.

— Est-ce que je n'y ai plus droit, caïd ?

Je bafouillais peut-être un peu.

— On va te faire manger un peu d'abord, poupée.

— Oh, ouais, je suppose que nous avons sauté le dîner.

Je chancelais peut-être légèrement aussi. C'était bien vu de sa part, parce que maintenant qu'il avait mentionné le dîner, je me rendais compte que j'avais un peu la nausée, ce qui était inhabituel pour moi.

Paolo demanda au croupier de changer mes jetons et il les plaça dans sa poche.

— Je te les garde, à moins que tu ne veuilles les prendre.

— Non, tu peux. Je suis riche.

Je lui souriais radieusement.

Nous nous retournâmes pour nous en aller, mais nous fûmes bloqués par une grande rousse superbe à talons aiguilles.

— Paolo, contente de te voir.

Elle se pencha et ils échangèrent deux bises. Elle était cool et sophistiquée, pas trop impatiente, vraiment sûre d'elle.

Je la détestai instantanément jusqu'à ce que Paolo me la présente :

— Caitlin, voici Corey, ma belle-sœur... l'épouse de Stefano.

Je me détendis et souris puis lui serrai la main. Elle semblait avoir mon âge... peut-être que nous pourrions être amies. Même soûle, je me rendis compte que c'était une folle pensée. Est-ce que je m'insérais dans la vie de Paolo ? Comme si je voyais vraiment les choses sur le long terme avec lui ?

Je pensais bien que oui.

— Oh, bonsoir. J'ai rencontré votre mari tout à l'heure. Ravie de faire votre connaissance.

— De même. Est-ce que vous vous amusez ? On dirait que vous savez sérieusement comment jouer à la roulette.

— Corey travaillait comme croupière ici jusqu'à ce que

Stefano l'en arrache. C'est aussi une championne de poker, dit Paolo.

Corey haussa les sourcils de surprise et fit un geste brusque du pouce vers lui.

— Je ne l'ai jamais entendu autant bavarder. Qui l'eût cru ?

Je souris d'un air radieux, parce qu'elle avait raison, il était avare de paroles et j'avais la sensation qu'il les utilisait maintenant pour me mettre à l'aise. Je me mis sur la pointe des pieds pour l'embrasser sur la joue.

— Il économise ses mots pour les moments où j'en ai besoin.

J'espérais qu'elle ne voyait pas à quel point j'étais soûle.

Corey nous engloba du regard et sourit.

— Je suis contente que vous soyez venue, Caitlin.

Elle semblait vraiment le penser.

— Nous allons chercher à manger, lui dit Paolo. On se verra demain sans faute.

Alors que Paolo m'emmenait, je dis :

— C'est une bonne chose qu'elle soit mariée. J'ai cru que j'allais devoir lui donner un coup de poing dans la figure, pendant une seconde.

Paolo s'arrêta et m'attira dans ses bras, l'amusement et l'affection dansant sur son visage normalement inexpressif.

— Je te l'ai dit, petite hackeuse. Je ne trompe pas.

Je lui adressai un clin d'œil. Je me pâmais mais j'étais aussi soûle. Je voulais tout régler maintenant. Toutes les pensées folles qui tourbillonnaient dans mon cerveau sur les raisons pour lesquelles je ne devais pas être avec lui. Ici même dans la salle du casino, devant tout le monde.

— Et si *moi* je te trompe ?

Ses sourcils se froncèrent brusquement.

— Est-ce que tu te fiches de moi ?

C'était clairement la mauvaise question à poser.

Mais je voulais savoir. Il disait qu'il ne me ferait pas de mal, mais c'était un homme dangereux. Que se passerait-il si je franchissais une limite ? Quelles *étaient* ces limites ?

— Je ne le ferai pas… je ne trompe pas non plus, lui assurai-je rapidement avant de lui agripper le bras. Je te le promets. C'est juste…

— Quoi ?

Il était encore énervé. Ça n'aurait pas dû m'exciter. J'étais tellement mal configurée !

Comme j'étais pompette, je le tapai légèrement sur le torse.

— Tu m'as kidnappée et tu as menacé la vie de mon frère ! Je dois simplement savoir ce qui se passera si je t'énerve.

La colère envahit l'expression de Paolo, il recula et se frotta le visage. Puis il secoua la tête.

— Assez de tout ça, dit-il.

Je secouai la tête. J'étais déjà nauséeuse.

— Tu ne peux pas me dire *assez*.

Bien sûr que si, il le pouvait. Il venait de le faire. Et c'était exactement ce que je testais. J'étais avec un homme dangereux et autoritaire.

Il leva les mains en l'air de cette manière distinctement italienne.

— Qu'est-ce que tu veux de moi ?

— Et si je m'enfuis ?

— Tu vas t'enfuir ?

— Non, mais si je le faisais ? Quelle est la limite ?

L'exaspération joua sur son visage et il plissa les yeux, mais je voyais qu'il réfléchissait à ce qu'il allait répondre.

— D'accord, quelle est la limite ? répéta-t-il en m'attrapant le menton et le soulevant pour rapprocher nos visages. Si c'est pour les affaires, je te gérerai d'une manière professionnelle. Tu voles le casino, tu menaces ma famille, tu parles aux fédéraux, c'est terminé entre nous et on ne prend plus de gants. Si c'est personnel, je ne suis pas un idiot. Tu me brises le cœur, il n'y a pas de représailles. C'est assez clair pour toi ?

Je l'agaçais, mais j'étais trop étourdie par ses mots.

Tu me brises le cœur…

Cela impliquait qu'il avait un cœur qu'on pouvait briser. Et qu'il me l'avait donné.

Était-ce possible ?

Je lui souris radieusement.

— Oui. Merci.

Il fronça les sourcils.

— Oui ? J'ai dit ce qu'il fallait ? Je ne sais pas comment c'est possible. Petite fille, tu ne vas jamais du côté auquel je pense.

Mon sourire s'agrandit.

— Et c'est pour ça que tu m'aimes, chantonnai-je.

Ses lèvres s'incurvèrent lentement.

— Tu as de la chance d'être aussi mignonne, bon sang.

Il me balança par-dessus son épaule et me porta à travers la file d'étrangers qui nous fixaient jusqu'à ce que nous rejoignions un des restaurants du casino. Là, il me posa doucement et arrangea mes vêtements.

— Une table pour deux, monsieur Tacone ? demanda joyeusement l'hôtesse.

Il hocha la tête. Quand elle s'éloigna, il dit :

— Arrête de prévoir la fin, Caitlin.

Sa voix était bourrue mais je remarquai une touche de vulnérabilité dans son expression et je regrettai soudain tous mes doutes.

Et il avait raison. Je prévoyais encore la fin parce que c'était tout ce que j'avais connu dans mes relations.

Je m'avançai vers lui et frottai mon nez sur son cou. J'embrassai la peau au-dessus de son col.

Il prit tendrement ma tête entre ses deux mains.

— Je t'apprécie *vraiment*, Caitlin.

Je lui souris radieusement.

— Est-ce la même chose que l'amour ?

Il ne bougea pas. J'eus la sensation qu'il ne l'avait jamais dit avant.

Moi non plus, à part à mon frère.

Il se pencha et passa ses lèvres sur les miennes.

— Je pense que oui, murmura-t-il.

Des feux d'artifice explosèrent dans ma poitrine, mon ventre, l'arrière de mes genoux… partout.

Il m'aimait. Je ne le répétais pas, pas parce que ce n'était pas vrai, seulement parce que… j'avais encore l'impression que je devais me protéger.

Cet homme me possédait. Je lui donnais mon corps, mais je n'étais pas encore sûre de mon âme. Je n'étais particulièrement pas sûre de mon cœur.

Il avait tellement d'emprise sur moi. Peut-être que j'avais simplement besoin de quelque chose que je puisse encore l'empêcher de posséder.

---

1. NdT : Terme emprunté à l'anglais qui désigne le contrôle de l'orgasme.

10

Paolo

Nous prîmes la limousine au Bellissimo pour aller au manoir d'Alessia et Vlad à Summerland North, le quartier le plus riche de Las Vegas. Habituellement, je préférais conduire et j'aurais pris une des voitures de luxe de Nico dans le garage privé, mais je voulais faire vivre toutes ces expériences à Caitlin : les soins au spa, le *room service*, la tyrolienne entre les toits, les montagnes russes. Elle les avait toutes adorées. Elle avait trop bu la veille et était nauséeuse ce matin-là, mais elle avait repris du poil de la bête après avoir commandé l'intégralité du menu du *room service*.

Tout était nouveau pour elle et elle n'était pas sur la défensive en acceptant mes propositions. Elle n'essayait pas de prétendre que ce n'était pas excitant, ou qu'elle n'en avait pas envie. Elle accueillait tout avec cet enthousiasme fou et enfantin qui me faisait bander en permanence et réchauffait ma poitrine.

Après le dîner de la veille, nous avions vu un de nos

hommes de main, Tony, escorter sa fille Pepper Heart en coulisses avant son concert. Caitlin était devenue dingue quand elle avait vu la chanteuse, et avait été aux anges quand j'avais appelé Tony pour les présentations. Elle avait pris au moins une douzaine de selfies avec Pepper, qui avait été délicieuse là-dessus.

J'étais sérieux quand j'avais dit que je l'aimais la veille. Je ne m'étais même pas senti vulnérable en le disant, même si elle n'avait pas répondu.

Je ne me sentais jamais faible avec elle.

Je savais que nous avions encore du chemin à faire. Je n'étais pas assez stupide pour penser que des relations sexuelles satisfaisantes suffisaient à faire fonctionner une relation, et je savais également que la nouveauté de l'argent et du pouvoir se dissiperait.

Mais pour l'instant, elle était silencieuse. Pas de bonds ni de regards par la vitre de tous les côtés.

— Hé, dis-je. Qu'y a-t-il ?

Elle me regarda, mais ses yeux étaient vides, comme si elle était loin. Elle secoua la tête. Cela faisait partie d'elle… c'était pour ça qu'elle croyait qu'elle était folle, pour ça qu'elle se tournait vers la douleur et le plaisir pour se sentir vivante. Qu'est-ce qui l'avait éteinte ?

— Tu as la même expression qu'après avoir passé la nuit en prison. Tu es nerveuse à l'idée de rencontrer ma famille ?

Elle hocha la tête, toujours distante.

Je tendis la main, détachai la ceinture et l'attirai sur mes genoux.

— De quoi as-tu besoin ?

Je glissai les doigts entre ses cuisses. Elle portait une mini-robe sans rien d'autre qu'un bout de tissu sur son intimité. Je la caressai doucement et sa tête tomba en arrière sur mon épaule.

— Ça.

— Oui ? répondis-je en lui mordant l'oreille. Tu as besoin de douleur aussi ? Ou juste de plaisir ?

— N'importe quoi. Ça m'aide à réintégrer mon corps.

Je voulais lui en demander plus. J'étais énervé contre moi de ne pas avoir tout découvert sur elle et ses excentricités avant de l'exposer à des situations qui la feraient déconnecter.

Je glissai la main sous sa petite culotte et la caressai légèrement jusqu'à ce qu'elle mouille. Quand ça se produisit, j'augmentai la pression, étalant ses fluides vers son clitoris et jouant avec le piercing.

— Tu sais que je ne vais laisser personne te maltraiter, n'est-ce pas ? Ce sont mes frères cadets. Ils ne me chercheraient pas.

Elle ne répondit pas, mais elle balançait les hanches sur ma verge durcie, dégoulinante d'excitation.

— Caitlin ? l'encourageai-je comme elle se taisait.

Je retirai mes doigts de sa petite culotte et frappai son sexe.

Elle gémit en guise d'appréciation.

Puis je compris subitement. Même si j'allais là-bas aujourd'hui pour interroger en personne mes frères sur son père, cela ne m'avait pas traversé l'esprit qu'elle allait se demander si c'étaient eux qui l'avaient fait.

Je frappai de nouveau son intimité, une douzaine de tapes légères.

— Ils n'ont pas tué ton père, Caitlin. Ils étaient ici à Las Vegas à ce moment-là. *Lo prometo…* Je te le promets.

Elle geignit et son dos se raidit comme si elle retenait un sanglot.

Bon sang. J'étais un enfoiré insensible de ne pas m'être rendu compte que c'était pour ça qu'elle déconnectait.

Bien sûr que c'était trop à gérer pour une personne…

Aller rencontrer la famille de son petit ami quand c'était peut-être eux qui avaient tué son père ? Sa loyauté entre son père et moi devait la déchirer.

Je lui en dis plus que je n'avais jamais prévu.

— Je pense vraiment que ce n'était pas nous, poupée. Il travaillait avec les Russes aussi. Je vais enquêter là-dessus. Mais ce n'était pas mon beau-frère non plus. Il vivait en Russie à ce moment-là.

Elle se retourna et enlaça mon cou avant d'enfouir sa tête contre mon épaule. Son corps entier tremblait. Elle retenait son souffle.

— Tu peux pleurer si tu en as besoin, petite fille. Ou je peux te baiser à t'en faire tout oublier. Ce que tu veux.

Ses larmes mouillaient mon cou, mais elle chuchota :

— Je vais prendre la seconde option.

Puis elle retira sa petite culotte.

— À genoux, ordonnai-je. Plie-toi en deux sur le siège.

Il y avait largement la place pour que je la pénètre par-derrière, et je pensais que c'était comme ça qu'elle le voulait.

À en juger par la vitesse à laquelle elle se mit en position, je dirais que j'avais bien deviné.

J'ouvris ma braguette et m'agenouillai derrière elle, maintenant le haut de son corps baissé, même si elle ne résistait pas.

J'effleurai sa fente avec mon gland puis glissai à l'intérieur, dans un frisson de plaisir immédiat. Nous n'avions pas beaucoup de temps, alors je me débrouillai pour faire au mieux. Je la maintenais par la nuque et effectuais des va-et-vient en elle.

— Oh mon Dieu, oui, gémit-elle.

C'était tellement bon, mais ce n'était pas pour moi. Je devais la faire jouir, lui donner ce dont elle avait besoin. Je la pilonnai, durement et brutalement. Elle arqua le dos pour m'accueillir plus profondément et releva la tête du siège.

Je lui plaquai ma main sur la bouche et lui bouchai le nez de mon pouce.

Elle sursauta de surprise et se débattit. Je la laissai de nouveau respirer.

— Je ne veux pas laisser de marques sur ton cou, *bella*, alors tu vas retenir ton souffle jusqu'à ce que tu jouisses. Compris ?

— Oui, monsieur.

— Gentille fille.

Je continuai à la prendre durement et lui coupai de nouveau la respiration. Cette fois, elle était prête. Au début, elle ne lutta pas. Puis elle se débattit. Je la laissai de nouveau respirer.

— Cette fois, lui dis-je sévèrement. Cette fois tu vas jouir, *capiche* ?

— D'accord, oui. S'il vous plaît.

J'émis un petit rire au « s'il vous plaît ». C'était tellement mignon. Je lui couvris de nouveau la bouche et le nez. Je lui avais dit comment cela allait se passer, et apparemment mes bourses aussi étaient emballés, parce qu'ils se tendirent, la chaleur s'engouffra à la base de ma colonne vertébrale. Je retins un cri et m'enfonçai profondément en elle pour jouir, décollant sa poitrine du siège et la ramenant contre mon torse.

Elle laissa échapper un cri contre ma main, puis elle jouit. Violemment. Son corps tressaillit et se contracta. Son sexe se resserra puis se détendit.

Je ne voulais pas que cela se termine. Je ne voulais vraiment pas sortir de la limousine. Mais elle s'était arrêtée. Le chauffeur restait cool parce que je lui avais dit que je veillerais sur lui s'il veillait sur moi.

— Est-ce que ça va, poupée ?

J'écartai mes doigts pour qu'elle puisse respirer, mais ils étaient encore plaqués sur sa bouche. Je les retirai maintenant et lui tournai le menton pour voir ses yeux.

Ils étaient conscients.

— Oui.

Elle était revenue.

Je me retirai et nous fis un brin de toilette avec quelques-unes des serviettes fournies. Avant que je ne la laisse se relever, je la fessai jusqu'à ce que son postérieur soit devenu d'une jolie teinte rose.

— Tu as eu ce dont tu avais besoin ? demandai-je.

Quand je la laissai se redresser et que je vis son visage, il était transformé. Il y avait de la couleur sur ses joues, de la lumière dans ses yeux. Elle me lança son large sourire.

— Je vais beaucoup mieux, merci.

Je lui pinçai les joues et l'embrassai.

— Je vais prendre soin de toi, poupée. À chaque fois. Tu dois simplement me laisser faire.

Elle hocha la tête.

— J'en ai envie.

J'en ai envie.

C'était différent de « je le ferai ».

Mais cela devrait suffire pour l'instant.

CAITLIN

Je me sentais un million de fois mieux alors que nous avancions vers la porte de la propriété tentaculaire. Mon postérieur était chaud et me picotait, mon clitoris palpitait encore de l'orgasme et de toutes les substances chimiques agréables qui circulaient dans mes veines.

J'étais prête à épouser Paolo sur place pour avoir su ce dont j'avais besoin.

Enfin, je l'aurais fait si j'avais su comment faire confiance aux gens, ce qui n'était pas le cas. Je me rendais compte que, même si la famille Tacone n'avait rien à voir avec la mort de mon père, j'étais terrifiée de me rapprocher de Paolo, de laisser quelqu'un se rapprocher. J'étais déjà tellement amochée que je ne pensais pas pouvoir compter sur qui que ce soit d'autre que moi-même. Je ne voulais pas commettre l'erreur de m'en croire capable, seulement pour que ça ne fonctionne pas.

La femme qui nous ouvrit la porte semblait encore plus jeune que moi.

— Hé, vous deux.

Elle portait sur la hanche une petite fille blonde potelée et elle remonta l'enfant plus haut avant de se pencher et d'embrasser Paolo sur les deux joues.

— Voici Caitlin, ma fille. Sois gentille avec elle.

— Depuis quand ne suis-je pas gentille ? répondit la femme d'un ton dédaigneux avant de m'attirer d'un bras pour m'étreindre. Ravie de te rencontrer. Je suis Alessia, la petite sœur. Entrez.

Je redevins nerveuse à l'intérieur. La salle de séjour géante était remplie par la famille Tacone et ils s'interrompirent tous pour nous regarder avec intérêt.

— Voici Vlad, mon mari, annonça Alessia quand un homme tatoué avec une chemise à manches courtes s'approcha et lui prit le bébé. Et le bébé, c'est Lara. Notre fils Mika est là-bas.

Elle pointa du doigt un adolescent qui ne devait pas être son vrai fils. Elle ne pouvait pas avoir plus de dix ans quand il était né.

Vlad serra la main de Paolo puis la mienne et m'étudia d'un regard perçant. Un frisson me traversa.

Paolo glissa le bras autour de moi et écarta les doigts sur mon ventre, m'attirant étroitement contre lui. Le message n'aurait pas pu être plus clair. J'étais sous sa protection.

C'était agréable.

Corey et Stefano s'approchèrent pour nous souhaiter la bienvenue, puis je fus présentée à l'autre frère de Paolo, Nico, et à son épouse Sondra, une jolie blonde qui portait aussi un bébé sur la hanche.

— Voici Nico Junior, me dit-elle en embrassant la joue du bébé.

— Qu'est-ce que je peux te servir ? Un verre de vin ? Un cocktail ? proposa Alessia.

Pour une raison ou une autre, l'idée de l'alcool me retourna l'estomac. J'aurais juré ne pas avoir bu tant que ça la veille, mais j'avais été nauséeuse toute la journée.

— De l'eau, ça serait super, lui dis-je.

— Tu veux bien mettre les steaks sur le barbecue ? suggéra Alessia à Vlad.

Il s'avéra que c'était un code pour que tous les hommes sortent et se tiennent autour du barbecue pendant que les femmes se rassemblaient dans la cuisine avec du vin.

Sauf que, lorsque Mika fut renvoyé à l'intérieur, je sus qu'ils parlaient affaires dehors.

Était-ce au sujet de mon père ?

Ma nausée empira. Je pris un carré de fromage sur le plateau de hors-d'œuvre et le mis dans ma bouche.

— Est-ce que tu t'es amusée au Bellissimo ? demanda Corey.

Je grimaçai. Des banalités. C'était *gênant*. Et je ne pouvais même pas sortir Caitlin la Folle. Je voulais que ces femmes m'apprécient.

Qu'est-ce que ça voulait dire ? Est-ce que je voyais vraiment ce truc avec Paolo comme un avenir ?

Ça semblait dingue, et pourtant… il signifiait quelque chose pour moi.

— J'ai passé un excellent moment. Je n'étais jamais venue à Las Vegas, alors Paolo s'est assuré que je goûte à tout.

Alessia me tendit un verre d'eau avec du citron.

— Sans vouloir te faire flipper, Paolo n'est jamais venu avec une femme avant. Alors nous sommes plutôt fascinées de découvrir enfin son type de femme.

— Je ne pense pas que Caitlin soit un type. Je pense qu'elle est une anomalie, avança Corey.

Elle me dit :

— Tu as d'une manière ou d'une autre craqué le code Paolo.

Je me tendis, pensant qu'elle savait que j'étais une hackeuse, mais je n'en lus aucun signe sur son visage.

— Mais Nico était pareil, continua Alessia. Pas de petites amies puis soudain, bam ! Il rencontre Sondra et il sait que c'est *la bonne*.

— Je… Je ne sais pas si je suis la bonne, bégayai-je surprise.

J'essayai de m'imaginer ici, faisant partie de leur famille, un bébé sur la hanche. Je n'y arrivais pas.

— Oui, pas de pression. Désolée, je ne voulais pas te faire flipper. Je suis juste heureuse de voir Paolo heureux.

Je regardai Paolo à travers la porte vitrée coulissante. On était à Las Vegas, alors ils pouvaient rester dehors sans se geler bien que nous soyons en décembre.

— Comment peux-tu dire qu'il est heureux ? demandai-je d'un ton dubitatif.

Elle se mit à rire.

— Eh bien, nous sommes liés, je suppose. Tu as raison, il est difficile de dire ce que Paolo ressent à propos de quoi que ce soit. Il cache bien son jeu. Si je peux le dire, c'est à travers ses actions. S'il t'a amenée ici, c'est parce que tu signifies quelque chose pour lui.

Je ne voulais pas la croire. Parce que l'idée que ce truc fonctionne me terrifiait.

— Je vais te dire autre chose sur Paolo. Il ne forge pas beaucoup de liens. Alors quand il le fait, ils sont puissants. Il ferait n'importe quoi pour les gens auxquels il a décidé de tenir. Et je dis bien n'importe quoi.

∼

Paolo

Vlad gérait les steaks sur le barbecue avec sa bambine sur la hanche. Elle s'appuyait contre lui, jouant les timides en nous regardant de ses grands yeux bleus. De temps à autre, il lui parlait doucement en russe.

Ce n'était pas l'enfant d'Alessia, mais ma sœur n'aurait pas pu être plus heureuse d'être belle-mère. Sa santé n'aurait pas supporté une grossesse, alors Lara et Mika – leur fils adoptif – étaient un cadeau du ciel.

J'avais toujours envie de tabasser Vlad pour avoir kidnappé ma sœur et l'avoir emmenée en Russie, mais je ne pouvais pas, parce que désormais il faisait partie de la famille. Et je devais admettre qu'il faisait du bon boulot pour rendre ma petite sœur heureuse.

— Alors, toi et la hackeuse ? Je ne l'avais pas vu venir, dit Nico. Je pensais avoir vu aux infos qu'elle avait été arrêtée par le FBI. Comment est-elle sortie de prison ?

Je serrai les poings.

— Tu as un problème avec elle ?

— Je n'ai pas de problème avec elle si tu n'en as pas. C'est ton affaire, Paolo. La seule chose qui m'inquiète, c'est que les fédéraux vous relient. Parce que tu sais qu'ils viendraient la chercher et lui mettraient la pression sans l'ombre d'une hésitation.

Une vague d'un froid glacial me traversa, même si j'avais déjà envisagé cette possibilité. Malgré tout, je n'aimais pas l'entendre prononcer à voix haute, surtout pas venant de Nico, qui était probablement le plus intelligent et le plus tactique de tous les frères Tacone.

— J'ai payé anonymement pour que Lucy Lawrence y aille. Ils ne remonteront pas jusqu'à moi.

Le cabinet de Lucy gérait les affaires légales de notre famille depuis l'époque de mon père, mais elle avait repris notre dossier environ cinq ans auparavant et nous avait tous impressionnés. C'était une avocate brillante, qui étrangement gardait toute son humanité sans avoir beaucoup de scrupules moraux.

— Bien, dit Nico.

Mais j'avais l'impression qu'il ne le pensait pas.

— Elle ne se retournerait pas contre nous, de toute façon, dis-je férocement.

Mais je n'en étais pas sûr à cent pour cent. Elle restait sur la réserve. Tout ça pouvait n'être qu'une gigantesque manipulation.

— C'était l'idée de qui de venir à Las Vegas ?

La question de Nico était faussement décontractée.

Fanculo.

— La sienne. Mais je ne l'ai pas quittée des yeux.

Bien sûr, ce matin-là, elle avait tapé sur son ordinateur, et je n'avais eu aucun moyen de savoir ce qu'elle fichait dessus.

Le souvenir d'elle m'interrogeant encore et encore sur ce que je ferais si elle me trahissait bourdonnait à l'arrière de mon esprit.

— Il n'y a eu aucune brèche dans la sécurité depuis

que vous êtes là, à ce que j'ai vu, dit Vlad avec son accent russe marqué.

Eh bien, tant mieux.

— Elle pense que la Famille a éliminé son père, leur dis-je.

— Sans blague. Et qui était son père ? demanda Stefano.

— Lake West. Vous vous souvenez de lui ? Un petit intermédiaire pour des biens volés. De l'électronique, essentiellement. C'est ce que j'ai découvert, en tout cas. Vous savez quoi que ce soit sur sa mort ?

Tous trois secouèrent la tête.

— Je pense qu'il a pu travailler pour la *bratva* aussi. Vlad, as-tu des liens avec d'autres cellules là-bas ? Une qui aurait été dans le coin il y a dix ans, quand il a disparu ?

Vlad haussa les épaules.

— Je peux me renseigner. Organiser une rencontre, si tu veux.

Après un instant d'hésitation, il secoua la tête.

— Seul, ils te tueraient, continua-t-il. Je devrai aller à Chicago et t'accompagner pour assurer ta sécurité.

— Tu le ferais ?

Vlad haussa les épaules.

— Tu es de la famille. Ma nouvelle fraternité. Peut-être que Caitlin sera ma nouvelle sœur, hein ?

Je regardai par les portes coulissantes ma folle et sauvage licorne. Les lunettes de geek perchées sur son nez rendaient étrangement son corps sexy encore plus sexy. Elle était mal à l'aise et je devais bientôt rentrer pour aller à sa rescousse.

— Quelque chose comme ça, répondis-je, parce qu'il m'était difficile d'imaginer Caitlin acceptant de m'épouser.

Mais en entendant ses paroles, je m'étais rendu compte que c'était ça. J'aurais adoré officialiser cette relation avec elle pour toujours. Si je pouvais être sûr de lui faire confiance. Si je pouvais connaître tous les secrets de son âme.

— D'accord, je vais organiser ça. Nous irons la semaine prochaine.

Vlad glissa les steaks cuits sur une assiette, que Stefano ramassa puisque les mains de Vlad étaient occupées par Lara.

— Merci, j'apprécie.

Je suivis les hommes à l'intérieur et repris ma position protectrice auprès de Caitlin.

Ma magnifique et folle licorne hackeuse.

La fille à laquelle je n'étais pas sûr de pouvoir faire confiance.

La fille que j'aimais.

11

Caitlin

Dans le silence entre le sexe et le sommeil, la voix profonde de Paolo fendit les ténèbres.
— Qui t'a fait du mal, poupée ?
Nous étions en position de cuillère, mon dos contre son torse, son bras autour de moi, sa main moulée contre mon sein.
Je m'immobilisai, écoutant les bruits de nos respirations, m'assurant que je savais ce qu'il voulait dire. Même si j'étais presque sûre que c'était le cas, je demandai d'une voix tremblante :
— Que veux-tu dire ?
Il attendit un instant. Puis il répondit :
— Parle-moi du truc quand tu déconnectes.
Mon cœur commença à marteler. Il dut le sentir parce qu'il déplaça sa main pour la poser sur mon cœur à la place. Ses lèvres s'approchèrent de ma nuque.
— N'aie pas peur. Dis-le-moi simplement.

Je ne sais pas si « peur » était le bon mot. Mais j'étais brisée, endommagée. Et je n'aimais pas regarder mes fractures.

Je m'humectai les lèvres.

— Le diagnostic officiel, c'est « trouble de la dépersonnalisation ». C'est un trouble dissociatif. Face à un déclencheur, je fais cette expérience hors de mon corps, et pas d'une manière agréable. Comme si j'étais une simple observatrice. Comme tu l'as dit, je déconnecte.

— Et qui t'a rendue comme ça ?

Encore une fois, mon rythme cardiaque accéléra. Était-il si évident que quelqu'un m'avait amochée ?

— Respire, ordonna-t-il en pinçant mon mamelon.

Je me rendis compte que je retenais mon souffle.

— Dis-le-moi.

Il était si confiant, si sûr de lui ! Six mois de thérapie, et je n'avais jamais pu me résoudre à ne serait-ce que laisser entendre qu'il s'était passé quelque chose. Et si mon thérapeute avait simplement exigé la vérité, comme mon petit ami dominant ? Est-ce que je m'en serais remise ?

Je forçai mes lèvres à remuer.

— P-pourquoi ?

Je pensai déjà connaître la réponse.

— Je vais te venger.

Mon estomac fit un saut périlleux. Sa solution était tellement simple, tellement évidente et manifeste. Quelqu'un vous faisait du tort, il y avait un châtiment. Je l'avais volé alors je méritais d'être kidnappée et que mon frère soit menacé. C'était comme une équation ou une vérité de ce monde.

Comment me sentirais-je si mon père d'accueil flottait avec les poissons ?

En fait, j'irais bien. Je supposai que je n'avais aucun

sens moral non plus. Mais je ne voulais pas qu'il commette un meurtre pour moi.

— Que feras-tu ?

— Que veux-tu que je fasse ?

Je pris une longue inspiration tremblante. Je me détachais, je quittais mon corps.

Comme je ne répondais pas, il expliqua :

— J'essaie de comprendre si le tuer te traumatisera encore plus.

— Peut-être, dis-je en forçant les mots à quitter mes lèvres. Peux-tu simplement le tabasser ?

— Oh, je lui ferai regretter d'être né, poupée. Donne-moi son nom.

Mon corps commença à trembler.

Il me serra plus fort.

— Je ne veux pas empirer ça, *bella*. Je veux simplement que tu sois libre.

— Fais-le. Fais-le pour moi. Je veux que tu le fasses.

Les tremblements devinrent plus forts. Mais j'étais toujours dans mon corps, je les ressentais.

C'était une sorte de relâchement, comme si je repoussais tous les contacts non désirés, chaque cruauté que j'avais endurée. C'était une sorte de renaissance alors que la partie fissurée de moi que j'avais essayé de maintenir soudée se brisait enfin.

— Son nom, répéta-t-il à mon oreille.

— Andy Watson. Mon père d'accueil.

La pièce elle-même s'ouvrit et je tombai dans l'abysse, en chute libre dans la honte et la conscience. Tombant encore et encore.

Jusqu'à ce que j'atterrisse, directement dans les bras de Paolo, en sécurité au lit, protégée, défendue.

Bientôt vengée.

— Je t'aime, Paolo Tacone, dis-je dans les ténèbres.

Il m'embrassa le cou et me serra encore plus étroitement.

— Tu es mon incendie. Je ne vais laisser personne éteindre ta flamme. Jamais.

∼

Paolo

Ravil Baranov, le boss de la *bratva*, vivait près de chez Gio dans une tour d'appartements en centre-ville sur le lac Michigan. En fait, de ce que j'en savais, toute sa cellule habitait le bâtiment, ce qui en faisait une forteresse russe.

Même le gars à la porte était couvert de tatouages et nous accueillit avec un accent marqué. Vlad lui parla en russe et on nous palpa tous les deux.

Je ne portais pas de flingue ni même le coup-de-poing américain que j'avais utilisé pour envoyer Andy Watson à l'hôpital le lundi précédent. Je m'étais assuré que l'ancien père d'accueil de Caitlin ne touche jamais un autre enfant. Pas s'il voulait vivre.

Je n'avais pas vu Caitlin depuis notre vol de retour, dimanche, où elle avait officiellement rejoint le Club du septième Ciel. Elle avait besoin de temps pour rattraper son travail après avoir été absente tout le week-end, et j'avais tenu les promesses que je lui avais faites.

Nous prîmes l'ascenseur pour monter au dernier étage, où nous fûmes de nouveau palpés par deux hommes tatoués et hargneux.

Ravil prenait sa sécurité au sérieux. Je respectais ça.

Quand nous fûmes enfin conduits à l'intérieur, le chef de la *bratva* russe nous accueillit habillé d'un pull et d'un jean. Ses tatouages apparaissaient sur ses articulations et remontaient sur son cou. Chez les Russes, les tatouages indiquaient chaque crime commis. Chaque meurtre, chaque vol. Chaque acte documenté pour que leur cellule les voie. Ceux qui avaient le plus de tatouages étaient les plus dangereux.

Il parla d'un ton sec à Vlad et ne me salua pas du tout. Il me regarda simplement d'un air spéculatif et dit :

— Tu as demandé une rencontre. Pourquoi ?

— Je cherche des informations sur la mort d'un voleur minable du nom de Lake West. Il faisait un peu de business avec nous deux, je crois. Je n'ai pas de dent contre son tueur, je m'assure simplement qu'il est vraiment mort.

Les sourcils de Ravil se levèrent brusquement. Je l'avais surpris avec cette dernière phrase.

— Tué par famille Tacone. C'est ce que j'ai entendu dire, répondit-il en haussant les épaules. Tu sais autre chose ?

Je ne pense pas que ce soit nous. Mais c'est le bruit qui court. Le truc… c'est qu'aucun corps n'a été découvert, alors je me demande si ça a été simulé. Il vous doit de l'argent ?

Ravil m'étudia un instant avant de hocher lentement la tête.

— Il déplaçait électronique pour nous. Ton équipe était acheteur. Il y a eu une trahison et vous l'avez tué. Nous n'avons jamais eu notre argent. Nous étions nouveaux en ville. Nous ne voulions pas de guerre avec Tacone, alors nous ne nous sommes pas plaints. West était mort, que pouvions-nous faire ?

Je hochai la tête. Les pièces commençaient à s'assembler. Je devais l'avouer, j'avais espéré que Ravil me dirait qu'ils avaient tué Lake West, mais pour moi tout désignait une mort simulée.

Mais qui abandonnerait ses enfants pour un camion pourri d'objets volés ?

Cet homme avait tout intérêt à être mort ou je lui donnerais envie de l'être quand je le trouverais.

∽

CAITLIN

JE SORTIS du lit et filai vers la salle de bains, mais quand j'y arrivai je n'eus que des haut-le-cœur.

Beurk. Trois jours que j'avais la nausée. C'était plus que lassant.

Je n'avais pas bu une goutte depuis vendredi soir au Bellissimo, je ne comprenais pas vraiment…

Oh bon sang !

J'ouvris brusquement le tiroir sous le lavabo et fixai ma plaquette de pilules.

Des placebos. Cinq d'avalés. J'aurais déjà dû avoir mes règles.

Prise de vertige, j'abaissai la lunette des toilettes et m'assis dessus.

Nom d'un chien.

J'étais enceinte.

Et ce devaient être les hormones qui me donnaient envie de fondre en larmes plutôt que de sortir de mon corps.

J'inspirai brusquement et relâchai mon souffle lentement. Je me souvenais que j'avais un test de grossesse sous le lavabo depuis la dernière fois que j'avais eu peur d'être enceinte. C'était un paquet de deux. Je le sortis et fis pipi dessus.

J'essayai d'ignorer la manière dont la pièce tournoya quand le signe positif rose apparut.

D'accord.

J'étais enceinte. Du bébé de Paolo.

Et ça ne l'intéressait pas d'avoir des enfants. Trop de possibilités perturbantes m'étouffaient soudain. Me demanderait-il de me faire avorter ? Ou me soutiendrait-il pour le garder ?

J'avais le pressentiment que, s'il me soutenait pour le garder, nous serions coincés ensemble. Il serait impossible de se sortir de notre arrangement. Il me posséderait pour le reste de ma vie, ou au moins jusqu'à ce que le gamin ait dix-huit ans. Garder ce bébé signifiait rester avec Paolo.

Pour toujours.

Un tueur à gages de la mafia.

Je fourrai mon poing dans ma bouche alors que de violents sanglots me secouaient. Je ne savais pas quoi faire. Je ne pouvais pas le dire à Paolo. Pas avant d'avoir eu le temps de réfléchir.

D'une manière ou d'une autre, je me douchai, me préparai pour la journée et sortis.

Et ce fut alors que ma journée pourrie empira encore.

Les deux agents du FBI qui m'avaient arrêtée se tenaient devant ma porte.

— Mademoiselle West ? Nous avons besoin que vous veniez avec nous et répondiez à quelques questions, me dit l'un d'eux.

Je ne ressentis pas une once de remords en vomissant sur ses chaussures.

12

Caitlin

— Je ne dirai pas un mot sans la présence de mon avocate.

Oui, j'avais regardé beaucoup de séries policières. De plus, j'avais maintenant de l'expérience en matière de vraie avocate puissante dans mon camp. Et je la voulais ici, tout de suite.

— Vous n'êtes accusée de rien. Nous avons simplement quelques questions à vous poser, c'est tout, dit une agente habillée d'un chemisier en soie et d'un pantalon amidonné, postée dans un coin à observer.

Je crois qu'elle avait dit être l'agent Docker. Son partenaire, une fouine prétentieuse avec de vilaines dents, était assis en face de moi à la table. J'avais raté son nom.

Je croisai les bras sur la poitrine.

— Avocate. Présente.

Vilaines Dents répondit en glissant l'agrandissement d'une photo devant moi. Ma bouche s'assécha soudain.

C'était une photo de mon père.

Et de Paolo.

Et de quelques autres hommes de main que je ne reconnaissais pas... peut-être ses autres frères ou des soldats.

Ils se tenaient devant un café et, sur les auvents aux couleurs du drapeau italien, l'enseigne « Caffè Milano » était inscrite.

J'avais de nouveau envie de vomir.

— J'ai besoin de manger quelque chose. Des crackers ou autre chose. À moins que vous ne vouliez que je gerbe sur votre photo.

Comme Vilaines Dents était celui qui avait reçu du vomi sur ses chaussures plus tôt, il bondit un peu en arrière de la table et jura.

— Je vais vous trouver quelque chose.

Il hocha la tête vers l'agent Docker, qui lui répondit de même et prit le siège en face de moi.

— Ce que nous voulons savoir, c'est pourquoi vous couchez avec le type qui a tué votre père.

Les mots me frappèrent comme un boulet de canon, quelque part entre le cœur et le ventre. Le plexus solaire, supposai-je.

Pendant un instant, j'eus du mal à reprendre mon souffle. Tout ce que je pouvais faire, c'était respirer bruyamment sous la douleur.

— C-comment savez-vous qu'il a tué mon père ?

— Tout le monde le sait. C'est bien connu dans la rue, chez la police locale, et le FBI. Les locaux ont cherché le corps pour pouvoir l'accuser, mais il l'a trop bien caché. Probablement enterré sous du ciment, comme beaucoup de leurs victimes.

Je respirais toujours bruyamment, j'arrivais à peine inspirer.

— Comment savez-vous que c'était Paolo, spécifiquement ?

Le regard qu'elle me lança exprimait à moitié du dédain, à moitié de la pitié.

— Sérieusement ? Ils sont tous de la même famille. Vous vous sentez bien, de coucher avec celui dont le frère a tué votre père ? Ou son père ? Ou le gars qui a donné l'ordre ?

Elle secoua la tête.

Je me levai et eus un haut-le-cœur.

— Oh mince, s'exclama l'agent Docker avant de s'avancer brusquement pour attraper la poubelle, qu'elle fourra devant moi.

J'eus un autre haut-le-cœur, mais rien ne sortit.

Je me rassis lentement sur ma chaise.

J'avais soudain froid. Terriblement froid, bon sang.

J'étais glacée.

— Écoutez, je comprends. C'est un homme beau et puissant. Je suis sûre qu'il est tout à fait charmant. Il est également doué pour proférer des menaces. Il sait comment atteindre les gens là où ça fait mal pour qu'ils fassent ce qu'il veut qu'ils fassent. C'est ce qui vous est arrivé ?

Il était difficile de réfléchir avec la nausée. De plus, je commençais à quitter mon corps, ce qui à ce stade était un cadeau du ciel.

— Est-ce que Paolo vous a payée pour hacker le Luxor ? demanda-t-elle, mais ça venait de loin. Ou est-ce qu'il vous a fait chanter ?

Je m'étais repliée. Heureusement.

Comme si j'étais sous l'eau, je regardai l'autre agent revenir avec une barre de granola, qu'il lança sur la table. Je me regardai l'ouvrir et la manger, ne sentant aucun goût.

C'était sec et ça envahissait l'intérieur de ma bouche, mais je le remarquai à peine.

— Nous pensons que vous pourriez avoir des problèmes, mademoiselle West, et nous voulons vous aider.

— J'en suis sûre, m'entendis-je répondre.

— Il vous a fait croire que vous étiez protégée de la loi. Il a envoyé son avocate onéreuse et a passé un accord qui vous a permis de sortir, mais laissez-moi vous dire quelque chose, mademoiselle West. Il n'y a qu'une raison pour laquelle nous vous avons laissée partir, et c'était pour découvrir avec qui vous travailliez. Nous pensions que ce devait être quelqu'un d'important, mais quand nous avons découvert que c'était le gars qui avait tué votre père et vous avait laissés vous et votre frère en famille d'accueil, nous avons pensé que vous pourriez avoir des problèmes.

Je les entendais à peine, comme si j'avais du coton enfoncé dans les oreilles. Peu importait ce qu'ils disaient, de toute façon. Je n'écoutais pas. Je n'en avais pas besoin.

L'agent se pencha en avant.

— Nous sommes parfaitement prêts à reprendre toutes les charges contre vous pour le crime du Luxor. Vous risquez vingt ans dans un centre de détention fédéral. Êtes-vous prête à pourrir en prison pour l'homme qui a tué votre propre père ?

Je ne répondis pas.

— Mais si vous êtes sous la contrainte, nous pouvons vous aider. Est-ce que Paolo Tacone vous a menacés, vous, votre frère, ou vos moyens de subsistance d'une quelconque manière ?

Le souvenir de lui me montrant la photo de mon frère sur son téléphone, m'avertissant de quoi il était capable, me ramena momentanément dans mon corps avec un flot de crainte.

Même totalement déconnectée, je savais que ces deux-là partaient dans tous les sens. Ils ne savaient pas s'ils devaient jouer au bon ou au méchant flic. Ils ne savaient pas sous quel angle attaquer.

J'étais peut-être sous le choc, mais je n'étais pas stupide.

Je n'allais répondre à aucune de leurs questions.

Sauf peut-être à une. Je levai le menton.

— Je ne suis avec Paolo Tacone que parce qu'il baise comme une star du porno. Aucune autre raison.

Vilaines Dents en resta bouche bée. Puis il fronça les sourcils et me rentra dedans.

— Vous êtes de mèche avec le mauvais mec, mademoiselle West. Et vous allez le payer, cher. Je vais accumuler des charges contre vous qui vont vous envoyer en prison jusqu'à ce que vous soyez trop vieille pour penser au sexe. Ou bien vous pouvez coopérer et nous aider à mettre un tueur dangereux derrière les barreaux. À vous de décider.

La pièce tournoyait. Je regardai la poubelle, essayant de déterminer si j'allais en avoir bientôt besoin.

Je me levai en titubant. De loin, je m'entendis dire :

— Je m'en vais. Vous ne pouvez pas me retenir ici sans accusation ou un appel à mon avocate.

— Nous allons vous donner quarante-huit heures pour réfléchir, annonça Vilaines Dents. Si nous n'avons pas de vos nouvelles d'ici là, vous serez en état d'accusation. À vous de choisir.

Curieusement, mes pieds avancèrent vers la porte et les agents me laissèrent sortir, m'escortant jusqu'à la porte de devant. Tous deux avaient l'air dégoûtés et leurs yeux en disaient long derrière mon dos.

— Voici ma carte, me dit l'agent Docker quand nous rejoignîmes la porte. Prenez la bonne décision.

Je ne pris pas la carte. Je ne me donnai même pas la

peine de répondre. Je les dépassai simplement et allai sur le parking.

Mais une fois là, je ne sus pas où aller.

Je ne savais même pas comment être fonctionnelle.

Paolo

Caitlin n'était pas dans son appartement quand j'y arrivai, ce qui n'était pas inhabituel. Il n'était pas encore 21 heures. Malgré tout, une étrange impression me démangeait, comme si quelque chose clochait.

Je ne lui avais pas dit que je serais là, j'aurais probablement dû.

Il suffit d'un peu de communication. J'entendis les paroles de mon frère résonner dans mes oreilles.

Je ne savais pas pourquoi communiquer donnait l'impression d'être une faiblesse, comme si j'admettais quelque chose ou que je perdais l'avantage.

Peut-être qu'elle avait des projets avec ses amis ce soir-là. Sauf que ça ne me semblait pas logique. J'avais suffisamment espionné Caitlin pour savoir qu'elle n'avait pas vraiment d'amis. Elle était sympathique, elle souriait et discutait avec les gens de son cours de danse ou à l'université, mais elle n'était proche de personne sauf de son petit frère.

Je sortis mon téléphone et composai son numéro.

Je tombai directement sur la messagerie.

Bon Dieu.

J'envoyai un texto à la place, en restant bref. « Appelle-moi. »

Je m'allongeai sur le lit pour l'attendre.

BONNE PIOCHE

Caitlin

Si ce sont les affaires, je vais te gérer d'une manière professionnelle. Tu parles aux fédéraux, c'est terminé entre nous et on ne prend plus de gants.

Et si je me faisais ramasser par les fédéraux mais que je ne leur parlais pas ?

Est-ce qu'il me croirait ? Ou est-ce qu'il présumerait que je portais un micro ?

Et si je portais le bébé dont je voulais qu'il ignore l'existence et que le FBI voulait que je le dénonce, sinon j'irais en prison pour les vingt prochaines années ? Et si je ne voyais jamais mon propre bébé parce que j'étais en prison et que Paolo n'en voulait pas non plus ? Qui allait l'élever ?

Je me tenais sur le parking, insensible au vent âpre de décembre qui soufflait à travers la ville. J'étais hors de mon corps, m'observant comme une spectatrice.

Voilà Caitlin. Elle est dans un sacré pétrin. C'est une bonne chose que je ne doive pas gérer ce bazar.

Je ne sais pas combien de temps je restais là avant de prendre une décision confuse.

Je ne pouvais pas retourner à mon appartement. Je ne pouvais pas voir Paolo avant d'avoir tiré tout ça au clair, quoi faire de ma grossesse, quoi faire des fédéraux.

À la place, j'allai dans un café pour hacker leurs transactions de cartes bancaires. Si le FBI montait déjà un dossier contre moi, qu'était-ce qu'une infraction de plus, n'est-ce pas ? J'utilisai la carte de crédit pour commander un Lyft[1] qui m'emmène à Starved Rock, un trajet de deux heures.

Trevor saurait où me trouver si je décidais de ne pas

revenir. Et une fois qu'il m'aurait rejointe, nous pourrions tous les deux disparaître. Un hacker exerçait un pouvoir que peu comprenaient vraiment – la capacité de disparaître et de se réinventer. Je n'avais pas besoin du FBI pour me protéger. Je pouvais m'occuper de moi. Je l'avais toujours fait.

Avant que je ne sorte pour prendre le Lyft, je m'achetai un chocolat chaud et un muffin. Parce que manger semblait m'aider contre la nausée.

Et j'étais prête à gerber mes tripes.

∽

Paolo

Fanculo. Où était-elle ?

Il faisait noir dans l'appartement. L'horloge indiquait qu'il était 3 heures du matin. Je ne savais même pas comment j'avais dormi sans savoir où était Caitlin.

Je bondis du lit et traversai l'appartement d'un pas raide, vérifiant mon téléphone pour voir si j'avais des messages, allumant les lumières.

Où est-ce qu'elle pouvait être, bon sang ?

J'essayai de l'appeler, mais sans surprise, il n'y eut pas de réponse.

J'étais prêt à aller au dortoir de son frère et à le sortir du lit, mais je me retins. Ç'aurait été du harcèlement, et Caitlin n'aurait pas apprécié.

Je commençai à examiner le logement plus minutieusement, cherchant des signes. Sa valise était encore là… ouverte, mais pas déballée après notre voyage à Las Vegas. Son équipement informatique aussi, mais pas son ordinateur portable. J'allai dans la salle de bains. Je ne savais pas ce que je cherchais, mais je regardais.

Et ce fut là que je vis la boîte d'un test de grossesse dans la poubelle. Je la pris. Le test en lui-même se trouvait en dessous. Je le sortis de la poubelle et regardai le résultat.

Madonna. Cristo. Dio. Elle était enceinte !

Était-ce pour ça qu'elle n'était pas là ? Où était-elle allée, bon sang ?

Je devins glacé. Pas parce qu'elle était enceinte – je m'en serais réjoui si c'était ce qu'elle voulait –, mais parce qu'elle ne s'était pas tournée vers moi pour me l'annoncer. Elle s'était enfuie.

Cela me refroidit jusqu'à l'os et me rendit fou de l'envie de la trouver, de lui donner ce dont elle avait besoin pour prendre cette décision, de lui faire savoir qu'elle était totalement soutenue quoi qu'il arrive.

Je me dirigeai vers la porte une douzaine de fois, puis me rassis. Je voulais être là si elle rentrait à l'appartement.

J'attendis jusqu'à l'aube, jusqu'à ce que la circulation dehors devienne un rugissement, jusqu'à ce qu'on ne puisse plus nier qu'elle ne reviendrait pas. Je mis le test de grossesse dans ma poche, comme si garder la preuve avec moi devait m'aider d'une manière ou d'une autre à la trouver, je sortis et me dirigeai vers son ancien appartement, pour voir si elle s'était planquée là-bas.

Elle n'y était pas.

Mon téléphone sonna à 8 heures 30 et je vis que c'était Nico. Nous ne discutions pas, lui et moi, alors je sus que c'était pour les affaires, et à cause de cette affaire avec Caitlin, je faillis fendre le téléphone tellement je l'agrippai fort.

— Nico.

— J'ai reçu un appel de mon informateur au FBI.

Je ne pense pas qu'il m'était possible d'avoir encore plus froid, mais ce fut le cas.

— Qu'y a-t-il ?

— Ils ont ramassé ta fille hier et l'ont emmenée. Elle est restée environ trois heures, puis ils l'ont laissée partir. C'est tout ce que je sais.

J'avais envie de rugir sous la douleur transperçant ma poitrine. M'avait-elle trahi ? Toutes ces questions sur ce que je ferais dans différents scénarios. Était-ce parce qu'elle travaillait déjà avec les fédéraux ? Ou parce qu'elle savait qu'elle y viendrait ?

Je me forçai à respirer par le nez.

— Bon sang, elle a disparu, Nico, lui dis-je, tout mon être se brisant. Elle a disparu et elle est enceinte de mon enfant.

Nico jura en italien.

Je frappai mon front contre le mur en plâtre et y laissai une fissure.

J'avais aimé cette fille.

C'était toujours le cas.

Et elle était enceinte.

— Eh bien, si elle a disparu ça signifie qu'elle ne s'est pas retournée contre nous, dit Nico, pensant plus vite que moi. Si elle l'avait fait, elle serait à tes côtés à porter une saleté de micro. Elle n'aurait pas disparu en risquant d'attirer l'attention. Elle a probablement eu peur, entre la grossesse et la pression des fédéraux, et elle s'est enfuie.

Loin de moi ? Pourquoi ?

Elle avait toujours peur de moi.

Tout ça était ma satanée faute. Je n'avais pas pu lui montrer assez de moi pour qu'elle se sente en sécurité, qu'elle sache que je ne lui ferais jamais de mal.

Je continuais à prendre péniblement ma respiration, examinant les propos de Nico. Ils étaient logiques.

— Oui, tu as raison.

— Alors tu dois trouver où elle peut aller. Que puis-je faire pour t'aider ?

D'accord. Je devais tirer ça au clair. Mes épaules craquèrent lorsque je me redressai. J'allais la trouver, bon sang. Je la trouverais et lui ferais savoir qu'elle n'avait pas à s'enfuir.

— Découvre ce qui s'est passé pendant qu'elle était avec les fédéraux, si tu peux.

— Oui, je suis déjà dessus, mais mon informateur n'avait pas l'habilitation. Mais il va essayer.

— Eh bien, fais-moi savoir si tu découvres quelque chose. Je vais aller secouer… je veux dire avoir une conversation avec son frère. Si quelqu'un sait où elle est, c'est lui.

— Oui. Va la trouver. Tout ira bien.

Je savais que, si Nico m'offrait du réconfort, c'était que mes failles étaient dans le coin. Et je m'en fichais.

— Oui. Merci. Je te tiens au courant.

— De même.

---

1. NdT : Lyft est un fournisseur de service VTC, aux États-Unis, c'est le principal concurrent d'Uber.

13

Caitlin

EN VENANT ICI, j'avais commis une énorme erreur. Colossale même.

Pour commencer, il semblait que quelqu'un avait trouvé la clé dissimulée et avait fait comme chez lui au cours des deux dernières années. C'était la dernière fois que j'étais venue.

Il m'apparut soudain très clairement que j'avais été stupide de garder cette maison. C'était la seule chose que Trevor et moi avions héritée de notre père quand il était mort. Après qu'il avait été déclaré mort, le juge avait ordonné que le terrain soit vendu pour payer notre garde, mais il n'avait pas immédiatement trouvé preneur.

Et c'était là que le piratage avait cessé d'être une plaisanterie pour moi. C'était une compétence que je perfectionnais déjà. Alors j'avais simplement retiré électroniquement la vente du chalet des enchères gouvernementales et l'avais gardé. J'avais mis l'eau, le gaz et l'électricité sur le compte du gouvernement. Je n'avais pas de remords, nous n'en utilisions pas beaucoup.

Malgré tout, je m'y étais accrochée car c'était la seule chose que nous possédions. Cet endroit à nous où nous pouvions venir si nous avions un jour besoin de nous cacher ou de faire une pause.

Mais en cet instant, je souhaitais que nous l'ayons vendu et pris l'argent.

Le logement était un trou à rats. Il s'écroulait. Peut-être que ça me fichait simplement les jetons que quelqu'un d'autre ait vécu ici. Je le voyais aux mégots de cigarettes et aux bouteilles de bière vides, au jean pour homme jeté sur le lit défait.

Je n'avais pas pu dormir du tout la veille, craignant que la personne revienne, même s'il n'y avait aucun signe qu'elle ait été là récemment.

Mais le vrai problème était que j'avais été dans un tel état de traumatisme la veille que je n'avais même pas apporté à manger. La faim s'était rapidement transformée en nausée et j'avais vomi de la bile toute la matinée.

Ajoutez à cela l'énorme problème avec mon téléphone, dû au réseau qui ne fonctionnait pas, ce qui signifiait pas de *hotspot* ni de WiFi. Pas d'Internet.

Alors désormais j'étais littéralement coincée ici.

Dans un chalet, dans la neige, à des kilomètres de la civilisation.

Sans nourriture.

Si j'avais cru qu'être mise en cloque par un mafieux et embarquée par les fédéraux était grave, je savais maintenant qu'il pouvait y avoir pire.

Je risquais bien de ne pas m'en sortir vivante.

Paolo

Depuis l'ancien appartement de Caitlin, le trajet était court jusqu'au dortoir de Trevor West. J'attendis devant jusqu'à ce qu'il sorte, puis je le rejoignis sur le trottoir, m'alignant sur sa foulée.

Il me lança un regard de biais et se déplaça brusquement.

— Ne t'enfuis pas, ordonnai-je, parce que je ne voulais pas l'attraper.

Agresser le frère de Caitlin n'aurait probablement rien arrangé.

Il se figea, mais seulement parce qu'il pensait que je pointais une arme sur lui. Je le devinai à ses yeux qui filèrent instantanément vers mes mains. Quand il vit qu'elles étaient vides, il commença à se retourner.

— J'ai dit « attends », grondai-je.

Il hésita.

— Tu sais qui je suis ?

Je n'avais aucune idée de ce que Caitlin lui avait dit. S'il était seulement au courant pour nous.

— J'ai bien une idée, dit-il, très méfiant.

— Je suis le gars amoureux de ta sœur, dis-je.

Ça l'interrompit. Non, il ne s'attendait assurément pas à ces mots. Ses yeux se tournèrent brusquement vers les miens. Ils étaient de la même teinte bleuet que ceux de Caitlin. Ses cheveux bruns pendaient par-dessus comme un rideau. C'était un gamin charmant dans le genre gothique.

— Écoute, j'ai besoin de ton aide.

La méfiance réapparut sur son visage et il déplaça ses appuis comme s'il était prêt à s'enfuir de nouveau.

— As-tu eu des nouvelles de Caitlin ? Depuis hier ? Elle a disparu et je…

— Je ne sais pas où elle est, répondit-il immédiatement, baissant la tête et remontant les épaules contre le vent.

Il commença à s'éloigner de moi.

Il mentait. Je savais toujours quand ils mentaient et ce gamin était facile à interpréter.

Encore une fois, je résistai à l'envie de l'attraper par le bras et de le tirer en arrière. À la place, je m'alignai sur son rythme, puis je le dépassai pour lui bloquer le chemin.

— *Écoute-moi*. Elle a été ramassée par les fédéraux hier.

Cela attira son attention. Il n'était vraiment pas au courant. Mais il ne me faisait toujours pas confiance, visiblement, parce que désormais il semblait encore plus déterminé à s'enfuir. La peur apparut sur son visage. Je savais de quoi ça devait avoir l'air. Si tout ce que ce gamin savait sur moi, c'était que j'étais le gars qui avait tué son père, il n'allait pas me voir comme un allié.

— Je ne vais pas lui faire de mal.

Je fourrai la main dans la poche de ma veste et en sortis le test de grossesse. Je le tendis devant son visage.

— Elle porte mon enfant.

Il s'immobilisa, son regard passant du test de grossesse à moi.

— Je n'ai jamais entendu un mot sur vous, dit-il d'un ton suspicieux.

— Eh bien, peut-être qu'elle n'en était pas fière.

Cela me fit mal de le dire à haute voix, de reconnaître que la femme que j'aimais était tellement complexée de se donner à moi.

— Elle sait que je ne suis pas responsable de la mort de votre père.

Je devais écarter ça de mon chemin. S'il me voyait comme le tueur de son père, il ne me parlerait jamais.

— Écoute. Je pense qu'en ce moment elle est probablement en train de flipper. Elle vient de découvrir qu'elle est enceinte, et je suppose que les fédéraux lui ont mis la pression pour en faire une informatrice. Ils l'ont probablement menacée de renouveler les accusations. Si elle avait peur et avait besoin de tirer des trucs au clair, où irait-elle ?

Sa bouche était crispée alors qu'il regardait par-dessus mon épaule froidement, comme s'il réfléchissait.

— Il y a un endroit, dit-il finalement.

— Où ?

— Je vais avec vous.

O.K., bien sûr. Il ne me faisait pas confiance.

— Bien, dis-je sèchement. Monte dans mon SUV.

Caitlin

Je remontai le chauffage et mis un peu d'eau chaude à bouillir. Il y avait un paquet de café instantané vieux de dix ans, ici. Je savais que le boire allait me rendre encore plus misérable, mais je devais y goûter.

Ma tête me faisait mal. Mes seins étaient sensibles. J'avais la nausée.

Et pour une fois, je n'appréciais pas d'être entièrement dans mon corps, à tout ressentir. Mais je ne pouvais pas me déconnecter ou je risquais de ne pas survivre. J'avais besoin de reprendre mes esprits et d'élaborer un plan.

Jusqu'ici, tout ce que j'avais trouvé, c'était de marcher jusqu'à trouver du réseau téléphonique ou du WiFi. Mais étant donné qu'il y avait un fichu blizzard dehors, ce plan pouvait signifier une mort plus rapide que de rester à l'intérieur et de mourir de faim.

C'est drôle comme se retrouver dans une situation de

vie ou de mort aiguise tout à l'extrême. J'étais lucide maintenant.

Je voulais ce bébé.

Le réflexe de protéger cette minuscule vie en moi changeait tout. J'avais été bien trop imprudente avec ma vie, avant d'en arriver là. Mais plus maintenant. Il y avait plus en jeu qu'une seule folle. Il y avait un être minuscule, sans défense et innocent qui comptait sur moi pour sa survie.

Et j'aurais donné n'importe quoi en cet instant pour pouvoir appeler Paolo. D'abord, je savais qu'il viendrait à mon secours sans hésiter. Ensuite… eh bien, je ne savais pas ce qu'il dirait au sujet de la grossesse, mais il méritait de savoir. Il fallait que nous ayons une conversation.

Je n'aurais pas dû avoir peur de lui ou de ce qu'il ferait. Même s'il avait entendu dire que le FBI m'avait ramassée, il me donnerait une chance d'expliquer ce qui s'était passé. Il me croirait quand je lui dirais que je ne deviendrais pas informatrice.

Les fédéraux m'avaient assommée en me montrant la photo de lui avec mon père, mais ça ne prouvait rien. Ils avaient cherché un moyen de me manipuler.

L'eau entra en ébullition et j'en versai un peu dans un mug, puis j'ajoutai le café instantané et mélangeai. Mon estomac se retourna. Beurk. Peut-être que je ne pourrais pas me forcer à l'avaler.

Dehors, j'entendis le bruit d'une voiture. Attrapant mon manteau, je me précipitai dehors. Qui que ce soit, je devais faire signe.

Un vieux pick-up descendit le chemin de terre avec deux passagers. Je plissai les yeux pour discerner le visage du conducteur.

Non.

C'était impossible.

Je trébuchai en arrière et tombai sur les fesses sur les marches du porche.

Eh bien, au moins je savais une chose avec une totale certitude : Paolo n'avait absolument pas tué mon père.

Non, ce dernier respirait, il était en vie, et il garait un pick-up juste devant le fichu chalet.

Paolo

Cela prit trois heures et demie à rouler dans un blizzard pour arriver à ce que Trevor appelait simplement « le chalet ». Je conduisais ma Rover, alors au moins nous pûmes gérer la neige, mais même avec les quatre roues motrices, parfois, je glissai et dérapai.

À chaque minute qui passait, la peur dévorante dans mes tripes grandissait. Et si elle n'était pas là ? Alors nous aurions gâché toute la journée à venir ici pour la trouver. Mais… si elle y était ? Je détestais qu'elle ait fui aussi loin. Avait-elle vraiment peur à ce point de moi ? Comment était-elle arrivée ici ? J'étais au courant qu'elle ne savait pas conduire.

Et je ne pouvais même pas faire face à ma peur ultime : ne pas trouver les mots qui lui montrent que j'étais de son côté si bien qu'elle choisisse de partir.

J'avais envie de dire que je ne l'accepterais pas. Mais c'était ce trait de personnalité qui l'avait fait fuir. Je ne pouvais pas foncer comme un bulldozer dans la vie de quelqu'un. Enfin, c'était à l'évidence exactement ce que j'avais fait, mais je devais arrêter. Je ne pouvais pas la forcer à vouloir de moi. Et en conclusion, si je tenais vraiment à elle, je devrais respecter sa volonté si elle voulait vraiment être libérée de moi.

Fanculo.

Il y avait des empreintes de pneus fraîches dans la neige sur la route non goudronnée que Trevor m'avait indiquée. J'espérais sérieusement qu'elles appartenaient à la voiture qui l'avait amenée ici, même si un million de questions faisaient rage sur l'identité du conducteur et la raison pour laquelle elles étaient fraîches. Elle avait disparu depuis la veille, alors si elle était arrivée ici la veille, elles auraient été recouvertes de neige maintenant.

Bon sang, je réfléchissais vraiment trop.

— C'est juste là, dit Trevor en pointant du doigt le vieux chalet délabré… qui méritait à peine ce nom.

Un pick-up rouillé se trouvait devant la maison.

— À qui est la camionnette ? demandai-je.

Si j'avais été un chien, j'aurais eu le poil hérissé et j'aurais grondé d'un ton protecteur.

— Je ne sais pas.

Trevor baissa la tête pour regarder par la grande fenêtre à l'avant.

Je me garai et éteignis le moteur.

Mais il semble que Trevor reconnut la personne, car il plongea rapidement et attrapa le flingue que je gardais sous mon siège. Un gamin malin. Il avait dû le remarquer plus tôt. Mes réflexes se déclenchèrent avant même que je ne comprenne ce qui se passait. J'écrasai son poignet contre le tableau de bord. Le flingue tomba sur mes cuisses.

— *Porca puttana* ! m'écriai-je en rangeant l'arme à l'arrière de ma ceinture. Tu as de la chance que je n'aie pas cassé ton fichu poignet.

Nous sortîmes tous les deux du SUV.

— Tu as également de la chance que je sois amoureux de ta sœur ou je te défoncerais pour ça. Qui est là ?

Il me regarda vivement, comme s'il était surpris que j'aie compris qu'il savait.

Il déglutit.

— *Dis-le-moi.*

— On dirait... quelqu'un qui est censé être mort.

Minchia.

Exactement ce dont nous avions besoin en cet instant... des saletés de retrouvailles familiales. Mais je devais l'admettre, je n'étais pas surpris. J'avais eu le pressentiment que ce petit enfoiré était encore vivant.

Je tâtai mon flingue et essayai la porte d'entrée. Elle était ouverte, ce qui me surprit. Lake West et une meuf facile étaient debout, portant encore leurs vestes comme s'ils venaient d'arriver. Caitlin se tenait en face d'eux. Quand je vis son visage pâle et ses yeux vides, j'oubliai tout sauf l'idée de passer les bras autour d'elle.

Lake me reconnut et ses yeux s'écarquillèrent de terreur. Parce que ouais. Il pensait que je voulais sa mort. Il sortit une arme en même temps que moi.

Bon sang.

J'aurais dû baisser mon arme. C'était le père de Caitlin. Mais je ne me fiais pas à lui pour ne pas me tirer dessus, pas avant que j'aie expliqué que je n'en avais pas après lui, que j'étais là pour Caitlin.

— Attendez, tous les deux, ordonna Trevor.

— Qui es-tu, bon sang ? demanda Lake d'un ton vif.

— Bien sûr, tu ne reconnais pas ton propre fils, marmonna Trevor.

Nom de Dieu, je devais prendre les commandes de cette situation.

— Écoute, West. Je ne suis pas venu ici pour te tuer,

dis-je d'un ton égal. Je suis venu pour Caitlin. Et mon bébé qu'elle porte.

Je lâchai cette bombe pour informer West de la nature de notre relation, au cas où il ne l'aurait pas connue.

La surprise se lut clairement sur le visage de Lake. Je ne pouvais pas me concentrer sur Caitlin mais je la sentis surprise aussi.

— Tu sais ? demanda-t-elle.

— Oui, je sais. Est-ce pour ça que tu es partie, poupée ?

Je reportai mon attention sur son visage pendant une fraction de seconde.

C'était une erreur.

Lake se précipita et lui fit une clé de cou, plaçant le flingue contre sa tête.

Je voulus hurler de rage. À quel point étais-je stupide, pour lui faire savoir ce qui comptait pour moi ? Pour présumer qu'il se soucierait de sa fille et de son futur petit-enfant autant que moi ? Ou qu'il était suffisamment intelligent pour déduire que je n'étais pas une menace ?

Je tenais mon flingue sans trembler. J'aurais pu lui tirer dessus. J'avais une vue dégagée et j'étais confiant dans la justesse de mon tir. Mais je ne pouvais pas risquer la vie de Caitlin. Et puis, il restait son père, même s'il était le pire du pire.

Je retirai mon doigt de la gâchette et détournai le flingue, me déplaçant lentement.

— D'accord, West. Je baisse le flingue, dis-je en le posant sur la table basse. Mais baisse le tien. Tu fais peur à ta fille.

J'utilisai exprès ces mots, essayant de faire appel à son instinct paternel, même si clairement il n'en avait pas.

Il ne baissa pas le flingue, mais il le déplaça pour le pointer sur moi. Je voyais tout au ralenti.

Son doigt appuya sur la gâchette. Caitlin lui attrapa le poignet. Je bondis sur le côté.

La balle traversa la fenêtre.

En une seconde, je l'avais rejoint, le désarmant et lui enfonçant mon poing dans le visage. Il tomba sur le sol et je le suivis, le frappant des deux poings. Cet homme avait pointé un flingue sur la tête de ma fille. Il l'avait laissée à ce monstre de père d'accueil à l'âge de quatorze ans.

Il allait payer.

Caitlin

J'ÉTAIS AUSSI LOIN de mon corps que si j'avais été sur Mars. Je voyais la scène se passer de très, très loin. Trevor se tenait toujours là avec un flingue dans sa main tremblante.

Mon père était sur le dos à se faire tabasser par Paolo.

Sa garce de petite amie se terrait dans un coin, la terreur dans le regard.

Et je ne ressentais rien.

Une meilleure personne aurait arrêté Paolo. Ou en tout cas une personne vivante. Mais je n'étais pas meilleure et je n'étais vraiment pas présente.

Et si j'avais ressenti quoi que ce soit, j'étais presque sûre que cela aurait été de la satisfaction que mon père reçoive ce qu'il méritait.

Pendant tout ce temps, il était vivant.

« Qu'est-ce que tu fais ici, Caitie ? » avait été tout ce qu'il avait trouvé à me dire quand il était sorti de son pick-up. Comme si je n'étais pas à ma place ici, comme s'il m'en voulait d'y être. Pas d'explication ni d'excuse pour avoir planté ses deux gosses quand ils avaient l'âge vénérable de huit et quatorze ans, pour nous avoir laissés devenir pupilles de l'État, à pourrir en famille d'accueil pendant qu'il était parti vivre la grande vie.

« Qu'est-ce que *toi*, tu fais ici ? » avais-je rétorqué, et il avait eu l'audace de dire : « Cet endroit m'appartient. »

Le bruit sourd d'un os qui craquait s'infiltra dans ma conscience. Le sang éclaboussait le sol. C'est incroyable le nombre de coups de poing qu'un gars peut encaisser, en restant conscient et en continuant à respirer.

Je me demandai si Paolo allait le tuer.

Et ce fut en me souvenant que je ne voulais pas que Paolo tue pour moi quand il m'avait proposé de m'occuper de mon père d'accueil que je tendis la main pour lui toucher le bras.

Je m'attendais à ce qu'il me repousse ou qu'il ne me remarque même pas parce qu'il était en mode combat, mais à l'instant où je le touchai, il se redressa, se retourna et m'attira dans ses bras.

Je voulais le sentir. Je voyais bien qu'il devait être agréable d'être tenue dans les bras de Paolo à ce moment-là, que j'avais besoin de sa force et de sa protection. Il me frotta le dos. J'aurais aimé pouvoir le sentir.

Mais j'étais bien trop loin de mon corps pour sentir la chaleur de son contact.

— Que veux-tu que je fasse de lui, l'entendis-je me demander de loin.

Je remuai les lèvres.

— Allons-y.

— Non, c'est lui qui part, répondit Paolo en se retournant pour donner un coup de pied dans les côtes de mon père. Ce chalet est à toi. Il est mort. Il n'a aucun droit dessus.

Il lui donna un autre coup de pied, puis tendit la main et empoigna ses vêtements pour le relever.

— Tu ferais mieux de rester mort cette fois, West. Parce que la *bratva* va te rechercher pour ce camion plein d'appareils électroniques que tu as volé. Et si moi je te revois un jour ?

Il lâcha quelque chose de menaçant en italien.

— Je t'écorcherai vif, espèce de petite fouine cupide. Tu as abandonné tes gosses pour quelques centaines de milliers de dollars ?

Il lança le bras en arrière et lui assena un autre coup de poing brutal, puis le poussa en direction de sa petite amie.

— Sors-le d'ici, lui dit-il. Et ne revenez pas, nom de Dieu.

La Caitlin hors de son corps les observa sortir en trébuchant. J'étais tellement engourdie, bon sang, tellement détachée ! Vaguement, il me traversa l'esprit que je devais revenir. Et que Paolo était là.

Il savait comment faire.

Il se tourna vers moi, l'inquiétude inscrite sur le visage. Je pris sa large main et la posai sur ma gorge, la pressant dessus pour qu'il la serre.

Étouffe-moi. C'était ma supplique silencieuse.

Il comprit. Il prit l'arrière de ma tête et approcha ses lèvres de ma tempe.

— Je le ferais volontiers, poupée, mais je pense que ton frère va me tirer dessus.

Cailin l'observatrice remarqua Trevor qui tenait toujours le pistolet de Paolo.

— Pose le flingue, m'entendis-je dire.

Je n'éprouvai pas le soulagement que j'aurais dû ressentir quand il sursauta et le posa sur la table basse comme si c'était un serpent.

Il y avait autre chose, quelque chose dont j'avais besoin. Ah ouais.

— J'ai faim, dis-je en forçant les mots à franchir mes lèvres.

Paolo jeta un coup d'œil à la cuisine, puis secoua la tête.

— Sortons d'ici, décida-t-il en me prenant dans ses bras. Nous sommes passés devant un hôtel pas trop loin d'ici. Nous pourrons prendre un repas et rester là-bas jusqu'à ce que la tempête soit passée.

Je vis le visage pâle de Trevor alors que Paolo se retournait avec moi. Comment était-il arrivé ici ? Ah ouais, il était arrivé avec Paolo.

Comment Paolo était-il arrivé ici ?

— Est-ce que je dois couper l'eau, Caitie ? demanda Trevor.

L'eau… Je n'arrivais pas à comprendre ce qu'il voulait dire.

— Je vais y aller. Je vous rejoins dans une minute, dit-il à Paolo.

Paolo me porta vers une Range Rover rutilante et me déposa prudemment sur le siège passager. Il tira sur la ceinture de sécurité, la passa sur ma taille et l'attacha.

J'avais besoin de lui dire des choses, beaucoup de choses.

Je fis fonctionner ma langue.

— Ils m'ont montré des photos. Le FBI. Des photos de toi avec lui. Ils m'ont dit que tu l'avais tué.

La douleur se refléta sur le visage de Paolo.

— Je ne les ai pas crus.

Voilà. C'était ce que je voulais lui dire.

Il riva ses yeux aux miens et soutint mon regard.

— Je ne te mentirai jamais, Cait.

Et la chose la plus étrange se produisit.

Je retombai dans mon corps pendant un instant. La chaleur se répandit dans ma poitrine. Je retrouvai mon chemin vers l'instant présent à travers l'amour, pas la douleur.

Tout en recommençant à m'éloigner, je cherchai à en atteindre davantage.

— Je t'aime, lâchai-je.

Ce ne fut pas ma déclaration, mais ce que je vis sur le visage de Paolo qui me ramena, cette fois. Des larmes étaient apparues dans ses yeux… je le jurerais devant Dieu. Il battit rapidement des paupières et se pencha vers moi, il saisit ma tête entre ses mains et me maintint captive pour un baiser brûlant.

Un baiser possessif. Ses lèvres se déplaçaient brutalement contre les miennes, sa langue attaqua ma bouche. Il déversa toute sa puissante présence, sa force vitale, sa protection en moi.

La chaleur se répandit encore. Dans mon ventre, le long de mes bras, s'amassant dans mon bassin.

Quand il recula, j'étais revenue. J'étais assise sur le siège de la voiture, me gelant les fesses tandis que mon bel amant baraqué se tenait au-dessus de moi.

— Ils veulent faire de moi une informatrice.

Je devais sortir le pire, m'assurer qu'il sache et comprenne que je ne le trahirais jamais.

— Ils ont dit que j'avais quarante-huit heures pour me décider ou qu'ils porteraient des accusations contre moi.

Il secoua la tête.

— Ils bluffent, poupée. Mais s'ils le font, nous gérerons ça. Nous avons Lucy dans notre camp et c'est la meilleure avocate de la défense qui existe. Je ne te laisserai pas retourner en prison. Jamais. *Lo prometo.*

Je ne comprenais pas l'italien, mais il avait déjà traduit

cette phrase pour moi. C'était sa promesse, son vœu solennel.

Son pouce caressa ma joue.

— Est-ce pour ça que tu as fui ?

Son expression était tellement tendre… pas du tout de colère ou de dureté.

Je fus surprise de sentir une larme rouler sur ma joue. Pas de douleur, pas de punition. Je ressentais des émotions, juste comme ça.

— Ou était-ce à cause de ça ? demanda-t-il en levant le test de grossesse.

— Oui. Les deux, dis-je d'une voix rauque.

— Parle-moi, *bella*. Pourquoi as-tu fui ? Tu as peur de moi ?

— J'ai juste…

Je frissonnai et il tendit la main pour mettre la clé dans le contact et démarrer le véhicule.

— Oui, j'ai eu peur. J'étais confuse. Je ne savais pas ce que je voulais. Et je ne pensais pas que tu voudrais du bébé… Tu m'as dit que tu n'avais jamais voulu d'enfants. Et je ne savais pas ce que je ferais dans ce cas. Je ne te connais pas assez bien, Paolo. Est-ce que tu me forcerais à quelque chose ? À avorter ? Ou si je le gardais, est-ce que tu mènerais la barque ?

Habituellement, je ne savais pas du tout l'interpréter, mais j'étais sûre que c'était de chagrin que Paolo ferma les yeux et que ses épaules s'affaissèrent.

— Bon sang !

Il serra les poings et cria vers le ciel. Il frappa son front sur le cadre du toit de la Range Rover.

Trevor apparut derrière lui, mais Paolo l'arrêta en tendant un doigt. Mais il ne détourna pas les yeux de mon visage.

— Je ne te forcerai jamais. Et je sais que je l'ai déjà

fait. Je t'ai fait mettre en prison et j'en suis désolé… c'était une erreur. Je me ferai pardonner. Caitlin, je suis désolé que tu ne me connaisses pas assez pour te sentir en sécurité. Je suis nul pour montrer mes sentiments ou même pour partager mes pensées. Mais voici tout ce que tu as besoin de savoir : je suis ton homme. Je parle peut-être durement. Je sais que je *suis* dur. J'aime prendre les commandes et te dire comment les choses vont se passer. Mais en fin de compte, je suis ton homme. Cela veut dire que je surveille tes arrières. Je vais te protéger et m'assurer que tu seras heureuse, quoi qu'il arrive. Alors finalement, poupée… ? C'est *toi* qui mènes la barque. Je te soutiendrai comme tu voudras. Si tu veux garder ce bébé, je serai le meilleur fichu père que tu pourrais imaginer. Si tu décides que tu ne peux pas gérer, je serai à tes côtés pour ça aussi. C'est ton corps, ta vie. Tu as le droit de décider.

De nouvelles larmes ruisselèrent sur mes joues. J'étais complètement démolie par ses mots. Personne ne m'avait jamais soutenue comme ça avant. Je n'avais jamais eu personne sur qui compter en dehors de moi-même.

— Je t'aime, chuchotai-je.

Les mots étaient nouveaux. Chaque fois, cela illuminait une flamme dans les yeux de Paolo.

J'eus de nouveau droit au baiser qu'il m'avait donné avant, mais plus court, cette fois, parce que je frissonnais.

— Partons d'ici avant d'être bloqués par la neige.

Il fit signe à Trevor et ils montèrent tous les deux dans la voiture.

Quand nous rejoignîmes la nationale, nous dépassâmes la camionnette de mon père, coincée dans la neige. Paolo continua à rouler sans faire de commentaire. Ni Trevor ni moi ne dîmes un mot.

Il nous avait laissés nous débrouiller quand nous

n'avions aucun moyen de nous protéger. Il n'avait qu'à se sortir de son propre pétrin.

Paolo

Un repas chaud et un hôtel chaleureux firent du bien à tout le monde. Caitlin retrouva des couleurs et un peu de vie. Personne ne parla vraiment avant que nous ayons vidé nos assiettes. Puis Trevor posa sa fourchette et regarda Caitlin.

— C'est quoi ce bazar ?
— Oui, hein ?
— Est-ce que tu savais qu'il était vivant ?
— Bien sûr que non, bredouilla Caitlin.
— Il était au chalet quand tu es arrivée ? demanda Trevor.

Caitlin secoua la tête.

— Il s'est pointé aujourd'hui, à peine quelques minutes avant vous. Il a eu le culot de me demander *à moi* ce que je faisais là.

— Tu te moques de moi ? Et puis il a pointé un flingue sur ta tête…

Ils se fixèrent un instant comme s'ils étaient de nouveau choqués par ce qui s'était passé.

— Et mon premier réflexe a été de protéger papa. Je croyais que tout ça n'était peut-être qu'un plan élaboré pour le faire sortir et le tuer, dit-il en penchant la tête vers moi. Désolé, mec.

— Sans rancune. Comment va ton poignet ?

Il remonta sa manche et révéla un bleu qui se formait sur sa peau pâle.

Caitlin hoqueta.

— Qu'as-tu fait ?

— J'ai attrapé son flingue, répondit Trevor en se frottant le poignet. C'est bon. Merci de ne pas m'avoir tué.

Je me carrai dans mon siège et dis :

— Tu as l'immunité.

Les yeux de Caitlin s'adoucirent et s'empreignirent de chaleur quand elle me regarda, déclenchant quelque chose de fou dans ma poitrine, qui se comprima et se gonfla en même temps.

Cette femme… les choses qu'elle me faisait. Au cours des dernières vingt-quatre heures, j'avais traversé l'enfer en pensant que j'étais peut-être en train de la perdre. Je ne savais toujours pas si je l'avais convaincue ou pas.

— Est-ce que tu savais, Paolo ? C'était quoi ce truc que tu as dit à propos des Russes ? demanda Caitlin.

— Oui, je le soupçonnais. Je me suis renseigné. Avant que votre père ne se soit fait prétendument tuer par ma famille, il a entubé les Russes. Il a volé un semi-remorque rempli d'appareils électroniques qu'il était censé refourguer pour eux. Ils ont arrêté de le chercher quand ils ont entendu dire que nous l'avions tué. Et puisque je savais que nous ne l'avions pas fait, je me suis dit que c'était un plan astucieux pour disparaître avec quelques centaines de milliers de dollars. Je ne comprends simplement pas comment un homme peut abandonner ses deux gosses sans personne pour s'occuper d'eux.

— Et je t'ai volé en pensant que je rééquilibrais les choses, dit Caitlin en grimaçant. Désolée, mon grand.

Je secouai la tête.

— Moi, je ne suis pas désolé, lui dis-je. Te racketter a été le point culminant de ma longue et illustre carrière en tant qu'exécuteur de la famille.

Trevor grimaça.

— Je suis sûr que je ne veux pas savoir comment ça s'est passé.

— Non, en effet, confirmai-je en lançant des billets sur la table avant de me lever. Maintenant, je vais te voler ta sœur pendant un moment.

Je pris la main de Caitlin et l'aidai à se lever. Elle entrelaça ses doigts aux miens.

— Nous te retrouverons ici pour un dîner tardif.

— Oui. À plus tard. Amusez-vous bien.

Caitlin

— J'ai besoin d'une douche, déclarai-je à la minute où nous fûmes dans la suite.

Si Paolo comptait exercer ses droits sur mon corps, je devais me laver.

La suite était superbe : de style rustique, mais avec tous les équipements, y compris une cheminée au gaz, que Paolo alluma promptement.

J'allai dans la salle de bains et retirai mes vêtements.

Paolo était juste derrière moi. Quand il entra dans la douche, je me sentis soudain timide, exposée, vulnérable. Comme si c'était la première fois que nous étions nus ensemble et non la vingt-septième.

Peut-être que c'était parce que tant de choses avaient changé entre nous. Je ne regardais pas Paolo comme un partenaire de jeu ou un partenaire sexuel. Je ne voyais pas ça comme une situation avec un *sugar daddy* ou quelque chose de plus coercitif que ça.

Nous parlions d'amour, désormais.

De deux personnes qui avaient fait un bébé ensemble, qui cherchaient à passer leurs vies ensemble.

Ma respiration s'accéléra alors qu'il s'approchait de moi, me bloquant contre la faïence froide. Il prit le savon et le fit rouler dans sa paume, ses yeux ne quittant jamais mon visage.

— Est-ce que ça va entre nous ?

Son regard était magnétique. Je hochai la tête, attirée par l'intensité de ses yeux. Il caressa ma clavicule, étalant le savon qu'il avait amassé dans sa paume. Il descendit le long de mon bras, dessous, sur mon sein, s'arrêtant pour caresser mon mamelon du pouce comme une corde de guitare. Chaque contact était plein de révérence, de vénération. Comme si j'étais une déesse et qu'il me vouait un culte.

Le tremblement commença au niveau de mes genoux, mais il s'étendit au creux de mes reins, à mon ventre, descendit sur mes bras. Je m'attendais à tout instant à ce qu'il devienne sauvage, à ce qu'il me projette contre la faïence et me pénètre durement, mais jamais il ne le fit. Il savonna tout mon corps, chaque centimètre, chaque repli, jusqu'à ce que je sois propre. Puis il coupa le jet d'eau et sortit.

Il enroula une serviette autour de moi et en utilisa les deux extrémités pour m'attirer contre son corps costaud et m'embrasser. Je le lui rendis comme si c'était notre premier baiser, comme si c'était notre premier rendez-vous et que j'apprenais encore à le goûter.

Nous avions bâti notre romance à l'envers… Commençant par mes fesses fouettées avec sa ceinture et par du bondage avec des colliers de serrage. Finissant… non, pas finissant, mais arrivant là. Moi tremblante devant lui, enfin prête à me donner.

Pas mon corps, mais tout entière. Lui donner mon cœur, ma confiance, ma vie.

Il me sécha, s'arrêtant pour m'embrasser encore et encore. Puis il me fit reculer jusqu'à ce que je touche le lit. Même là, il resta doux, me soulevant pour me placer sur le dos avant de grimper au-dessus de moi.

Il pencha la tête pour me sucer un mamelon tandis qu'il jouait avec l'autre. Ils étaient tous les deux sensibles à cause des hormones, et je sentis immédiatement un tiraillement dans mon intimité.

Je me cambrai sur le lit.

— Paolo.

Le gland de sa verge toucha l'intérieur de mes cuisses, je les écartai, soulevant les hanches pour l'accueillir à l'intérieur. Il y plongea profondément.

— Regarde-moi.

Son ordre me pénétra droit jusqu'à la moelle.

Je levai les yeux pour croiser les siens. Je ne m'étais pas rendu compte que je ne le regardais pas, mais maintenant que nos regards se soudaient, je me tortillais de gêne, vulnérable de me sentir si complètement mise à nu devant lui alors qu'il allait et venait lentement en moi.

— Je sais que tu n'aimes pas quand c'est basique, mais c'est ce que tu vas avoir.

Et voilà que mon dur à cuire était de retour.

Je me pâmais.

— Qui va te faire jouir comme une princesse de porno ?

Je souris.

— Toi.

— C'est ça.

Il plongea encore plus profondément en moi, mais ses mouvements restèrent réguliers. Pas de pénétrations brutales ou de pilonnage.

— Qui va prendre soin de toi pour le reste de ta vie ?

Je faillis m'effondrer à cette question. Je ne pouvais pas supporter ces mots qui me transperçaient à vif, alors je me redressai pour passer mes bras autour de son cou afin d'y enfouir mon visage.

Il posa la main autour de ma gorge et me repoussa sur le lit.

— Regarde-moi.

Maintenant, sa vraie nature commençait à réapparaître. Il y alla avec des va-et-vient plus durs, plus insistants.

— Qui, poupée ?

— Toi ? chuchotai-je, les lèvres tremblantes.

— C'est ça. Même depuis ma satanée tombe. Je suis ton homme, *bella*. Je vais prendre soin de toi.

Ses mots se gravèrent dans mon âme, et ils m'emplissaient d'humilité. Je me sentais indigne d'une telle dévotion.

— Pourquoi moi ?

Il sourit simplement.

— Tu es mon incendie. Tu es toi. C'est tout. Tu es la femme qu'il me faut. J'ai su que tu étais spéciale dès la première fois que j'ai vu ta photo. Avant même que je ne me pointe chez toi. Mais je n'étais pas prêt à l'effet que tu produirais sur moi. À quel point tu me changerais. Je suis à toi, poupée. Je n'attends rien d'autre. Et je vais continuer à faire des efforts jusqu'à ce que tu croies en moi. Jusqu'à ce que tu aies confiance en ce que nous avons.

Des larmes s'échappèrent de mes yeux.

— Je crois en toi. Je crois totalement en toi. Je ne sais simplement pas comment j'ai eu autant de chance, dis-je d'une voix étranglée.

Paolo caressa ma lèvre inférieure du pouce.

— C'est moi qui ai de la chance.

Il remonta un de mes genoux vers ma poitrine pour changer l'angle de pénétration et accéléra le rythme.

Je me mordis la lèvre, savourant les sensations, me délectant de la manière assurée avec laquelle il s'occupait de moi et de mon corps. Même s'il n'était pas brusque, il était toujours dominant.

— Regarde-moi.

Je trouvai de nouveau ses yeux.

— Tu ne fuiras plus.

— Non. Je te le promets.

Il me poussa sur le ventre et me pénétra par-derrière. Maintenant il me donnait ce que je voulais de la manière que j'aimais, me clouant les bras derrière le dos, me tenant les coudes alors qu'il me chevauchait.

— Jouis, petite hackeuse, ordonna-t-il quand il approcha de l'orgasme.

— Toi d'abord, dis-je.

Il me baisa fort, heurtant mon postérieur avec son bas-ventre jusqu'à ce que je ne puisse plus m'empêcher de jouir, et dès que mon plaisir fut assouvi, il éjacula, s'enfonçant profondément et restant là pendant que je me resserrais autour de lui.

Il relâcha sa prise sur mes bras et se pencha sur mon corps. Ses lèvres trouvèrent mon cou. Ses dents me mordillèrent.

Des ondes de plaisir me parcouraient, et j'enserrai sa verge jusqu'à la forcer à sortir.

— Je t'aime.

J'aimais le dire. J'aimais ce que ces mots produisaient dans ma poitrine, la manière dont ils résonnaient dans mon corps, l'effet qu'ils avaient sur lui.

Il me mordit fort. Il n'aimait pas les répéter. Il ne l'avait pas fait. Mais je m'en moquais. Il me le montrait. Comme sa sœur l'avait dit… ses actions parlaient pour lui.

Il se laissa tomber sur le côté.

— Regarde-moi.

Je tournai la tête vers lui.

Il me regarda droit dans les yeux.

— Je t'aime.

Il y avait une promesse dans ses mots, un vœu, un serment. Je les sentais jusque dans mes orteils, au creux de mon ventre, dans la moindre de mes cellules.

Sa main caressa mon postérieur et l'arrière de mes jambes dans une douce exploration.

— Je vais te punir pour t'être enfuie, gronda-t-il.

Mon sourire s'étirait jusqu'à mes oreilles.

— Tu le promets ?

Il étreignit mon postérieur sans ménagement.

— Dieu merci ! continuai-je. J'avais peur que tu me traites comme si j'étais une fleur délicate, maintenant que je suis enceinte.

Il me caressa la tempe.

— Ça se pourrait. Je pourrais faire ce qui me plaît avec toi, bon sang.

Mon sourire s'agrandit.

— Le revoilà.

Il me lança un de ses rares sourires.

— Paolo ?

Il arqua un sourcil.

— Veux-tu être père ? demandai-je.

Il ouvrit la bouche, puis la referma. Puis l'ouvrit de nouveau.

— Je veux ce que tu veux. Je suis sérieux.

— Non, vraiment. Je veux savoir.

Je me rendis compte qu'il ne me le dirait pas. S'il avait décidé qu'être mon homme signifiait me soutenir dans ce que je choisissais, il ne voudrait pas m'influencer.

— Dis-moi simplement la vérité. Quelle a été ta première pensée quand tu as vu le test urinaire ?

— Eh bien, j'ai eu la trouille parce que tu avais disparu, poupée. Et j'étais juste concentré sur ce que cette nouvelle signifiait pour toi. Mais maintenant que tu es là… je suis vraiment excité par cette idée. Je n'aurais jamais cru que je voulais des enfants, mais c'est parce que je n'avais jamais été amoureux avant. Enfin, l'idée de te multiplier ? D'avoir d'autres petites Caitlin qui courent partout ?

Il heurta sa poitrine avec son poing comme s'il ne pouvait pas parler tellement il était submergé.

Ma vue se brouilla.

— Oui ? dis-je avec un rire tremblant. Et si ce sont des petits Paolo ?

— Eh bien, les enfoirés pourraient avoir autant de chance que moi de vivre avec toi.

— Parce que nous allons vivre ensemble maintenant ?

— Oui, bon sang, nous allons vivre ensemble. Est-ce que nous allons avoir ce bébé ?

— Oui, répondis-je, les larmes roulant sur mon visage. Oui, j'en ai envie. Mais je ne veux pas abandonner l'école ni la danse cardio ni quoi que ce soit. Je ne sais pas, je suppose que je veux tout.

— Alors tu auras tout, assura Paolo en me poussant sur le côté pour me coller contre lui, face à face. Je vais gérer ça.

Les larmes redoublèrent. Un feu d'artifice explosa dans ma poitrine.

— Oui ? Nous allons le faire ? Nous allons avoir ce bébé ?

Paolo m'embrassa.

— *Je* vais t'avoir *toi*, dit-il fermement. Et ouais, nous allons avoir un bébé.

Après un instant, il ajouta :

— Ne flippe pas quand je te déménagerai encore.
— N'est-ce pas trop rapide ? Et si je perds le bébé ? Vingt pour cent des grossesses finissent en fausses couches.

Paolo s'immobilisa, comme s'il n'avait jamais envisagé cette possibilité. Puis il répondit avec une assurance totalement dans son genre :

— Si ça arrive, je te mettrai encore en cloque, poupée. J'aurai cette famille.

Il me souleva le menton.

— Tu t'inquiètes que je sois trop vieux ? J'étais sérieux quand j'ai dit que je prendrai soin de toi depuis ma tombe. Personne ne te touchera jamais. On subviendra à tes besoins. Tu deviens une Tacone, tu auras ma famille derrière toi pour la vie.

— Est-ce que tu fais ta demande ?

Il s'immobilisa encore.

— Tu es à moi. Mais, oui, je vais te passer la bague au doigt. Est-ce que tu es prête à dire oui ?

Je me mis à rire et roulai sur le dos. Cela semblait énorme, mais en même temps, ce n'était rien. J'avais déjà accepté d'être à lui. Et je savais que ça concernait chaque partie de moi, parce que cet homme ne faisait rien à moitié.

— Peut-être, murmurai-je.
— O.K.

Paolo n'était pas offensé. Il m'acceptait toujours comme j'étais. C'était un cadeau auquel je ne m'étais jamais attendue, que peu de personnes recevaient.

— Je t'aime, répétai-je, me retournant vers lui, adorant toujours ces trois mots.

Il sourit.

— *Ti amo, bella.*

Je hoquetai.

— Pourrons-nous aller en Italie pour notre lune de miel ?

Son rire emplit la pièce.

— Bien sûr. Tout ce que tu veux, poupée.

Je me redressai, soudain excitée par toutes les possibilités, par mon futur avec Paolo.

— Que faisons-nous pour Noël ?

— Las Vegas, bébé. Toute la famille va occuper les derniers étages du Bellissimo.

— Est-ce que Trevor peut venir ?

— Il fait partie de la famille, maintenant.

Je lui souris radieusement.

Il écarta les mains.

— Quoi d'autre ? Tes désirs sont des ordres.

Mon sourire s'agrandit encore.

— Je suis prête pour ma punition maintenant.

Les yeux de Paolo s'assombrirent et il bondit, me plaquant contre le lit et me retournant sur le ventre.

— Une punition, alors, petite fille.

Merci d'avoir lu le dernier livre de la série des Nuits de Vegas. Je suis triste de dire au revoir aux Tacone (à moins que je ne revienne pour une tournée de la prochaine génération ?). Assurez-vous d'être inscrit à ma newsletter pour recevoir la scène bonus du Noël de la Famille Tacone.

Je vais continuer avec Ravil, le chef de la bratva de Chicago, et Lucy, l'avocate de Paolo, dans le premier livre du nouveau spin-off de la série la Bratva de Chicago.

VOULOIR PLUS ? SON MAÎTRE ROYAL

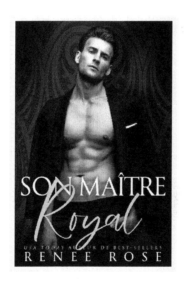

Son Maître Royal

« C'est une punition, ma belle. Tu as désobéi. Tu vas sentir mon mécontentement. »

Trois jours pour cinq mille euros et le scoop journalistique du siècle.

Il me suffit de me donner à six aristocrates bad boys sur un yacht. Facile, non ?

Sauf que le Duc Diabolique comprend tout de suite que je ne suis pas une professionnelle, et il me retient prisonnière.
Il me forme à l'art de la soumission. Il m'empêche de découvrir de véritables informations.

Il ne me libérera pas tant que je n'aurai pas signé un accord de confidentialité.
Ce que je refuse de faire.
Alors je reste à sa merci...
Lisez maintenant

LIVRE GRATUIT DE RENEE ROSE

Abonnez-vous à la newsletter de Renee

Abonnez-vous à la newsletter de Renee pour recevoir livre gratuit, des scènes bonus gratuites et pour être averti·e de ses nouvelles parutions !

LIVRE GRATUIT DE RENEE ROSE

https://BookHip.com/QQAPBW

OUVRAGES DE RENEE ROSE PARUS
EN FRANÇAIS

www.reneeroseromance.com/francaise/

Les Nuits de Vegas
Roi de carreau
Atout cœur
Valet de pique
As de cœur
Joker Mortel
Dame de trèfle
Cartes sur Table
Bonne pioche

La Bratva de Chicago
Prélude
Le Directeur
Le Stratège
Possédée
L'Homme de Main
Le Soldat
Le Hacker

OUVRAGES DE RENEE ROSE PARUS EN FRANÇAIS

Le Bookmaker

Dompte-Moi : La Série
Son Maître Royal
Oui, Docteur
Son Maître Russe
Son Maître Marine

Alpha Bad Boys
La Tentation de l'Alpha
Le Danger de l'Alpha
Le Trophée de l'Alpha
Le Défi de l'Alpha
L'Obsession de l'Alpha
L'Amour dans l'ascenseur (Histoire bonus de La Tentation de l'Alpha)
Le Désir de l'Alpha
La Guerre de l'Alpha
La Mission de l'Alpha
Le Fléau de l'Alpha

Le Ranch des Loups
Brut
Fauve
Féral
Sauvage
Féroce
Impitoyable

Deux Marques
Indomptée (libre)
Temptée
Désirée

Maîtres Zandiens
Son Esclave Humaine
Sa Prisonnière Humaine
Le Dressage de Son Humaine
Sa Rebelle Humaine
Sa Vassale Humaine
Son Compagnon et Maître
Animal de Compagnie Zandien
Sa Possession Humaine

À PROPOS DE RENEE ROSE

RENEE ROSE, AUTEURE DE BEST-SELLERS D'APRÈS USA TODAY, adore les héros alpha dominants qui ne mâchent pas leurs mots ! Elle a vendu plus d'un million d'exemplaires de romans d'amour torrides, plus ou moins coquins (surtout plus). Ses livres ont figuré dans les catégories « Happily Ever After » et « Popsugar » de USA Today. Nommée *Meilleur nouvel auteur érotique* par Eroticon USA en 2013, elle a aussi remporté le prix d'*Auteur favori de science-fiction et d'anthologie* de Spunky and Sassy, e celui de *Meilleur roman historique* de The Romance Reviews. Elle a figuré dix fois sur la liste des best-sellers de USA Today avec ses livres Bratva de Chicago, Wolf Ranch et Bad Boy Alpha et plusieurs anthologies.

Abonnez-vous à la newsletter de Renee pour recevoir des scènes bonus gratuites et pour être averti·e de ses nouvelles parutions!
https://www.subscribepage.com/reneerosefr

Printed in Poland
by Amazon Fulfillment
Poland Sp. z o.o., Wrocław

32707640R00138